KB061330

GHOST
DUET

GHOST DUET
고스트 듀엣

김현
소설집

한겨레출판

차례

수월 水月

GHOST
DUET

차거도 포구 앞 달래네에서는 고등어조림과 구이, 갈치조림과 구이, 객주리조림, 성게미역국, 해물뚝배기, 잡어매운탕, 자리물회를 팔았다. 회는 없고. 공깃밥은 무한 리필. 배달은 인근 산고농협까지 가능했으나, '달래네 인근'은 물리적 거리가 아니라 마음의 거리를 기준으로 산출되어서 산고농협 지나 스머프부동산이나 물결공방까지는 가도 피렌체부티크호텔엔 가지 않았다. 뜨내기는 뜨내기로 상대하고 단골은 단골로 대접했다는 얘기. 말하자면 달래네는 블로그 맛집이나 인스타그램 멋집이 아니라 현지인 추천 식당 같은 곳이었다.

달래네 1대 사장은 홍은숙, 현재 사장은 최용연이다. 둘은 모녀지간으로, 은숙은 마흔에 작은 골칫거리인 남편을 교통사고로 잃고―죽은 이는 야속하겠으나 은숙은 장례 내내 '국 없는 아침 밥상'을 생각했다―섬으로 왔고, 육지 살던 용연은 마흔에 차거도 포구로 돌아와 한복희를 만났다. 복희가 용연에게 마음을 빼앗기고 용연이 복희의 마음을 받아들이기까지는 2주가 걸렸고 교제한 지 석 달 만에 둘은 달래네 아래, 방 둘, 화장실 하나인 집에서 뜻한 바대로―언제든 떠날 수 있게 방세간은 단출하게 장만할 것―살림을 꾸렸다.

두 사람이 연인 사이라는 걸 은숙은 죽은 뒤에야 알아서 어느 밤에 그들을 불쑥 찾아왔다(아, 은숙은 비명횡사하지 않고 살던 대로 살다가 웃는 상으로 세상을 떴다. 호상이다, 복 받았다, 남긴 게 많지 않아서 아쉬움도 적겠다는 소릴 들으며).

하필 그날 용연과 복희는 이른 저녁을 먹고 곯아떨어져서 각자 꿈을 꿨다. 그들은 꿈속에서도 종종 만났는데, 이번엔 갈 길이 달라도 너무 달랐다. 용연은 죽은 사람을 만나야 했고, 복희는 산 사람을 만나러 가야 했다. 두 갈래로 나뉜 길에서 용연은 울고 복희는 웃었다. 은숙은 그 광경(얼굴)을 물끄러미 보다가 살아 있을 적엔 한 이불을 덮고도 이렇게 다른 꿈을 꾸지, 하며 다시 오지 않을 생의 묘미를 느끼듯 굴다가 두 사람을 흔들어 깨웠다.

용연과 복희는 은숙을 보고도 놀라지 않았다(실은 놀랄 새도 없었다). 은숙이 몽롱한 상태로 앉은 둘에게 다짜고짜 일장 연설을 늘어놓아서였다. 요는 자기를 그런 것도 받아들이지 못할 사람으로 여겼냐는 것이었다. 내가 진즉에 알았더라면 우리 셋 사는 게 훨씬 더 재밌었을 텐데. 은숙의 말에 용연은 과연, 설마 했고 복희는 그러게요, 그렇죠 하며 추임새를 넣었다. 복희의 장단에 힘을 얻은 은숙의 이야기는 구구절절 흘러 이쯤 되면 끝날 법도 하다는 용연의 기대와는 다르게 자기는 이승에 미련이 없고 죽은 게 너무 좋다는 얘기로까지 흘러갔다. 용연은 사람은 역시 안 변하네. 고개를 절레절레 흔들며 일어섰고, 복희는 밥상을 펴고 술을 내왔다. 안주도 없이 술잔을 주거니 받거니 하며 석 잔을 연거푸 비운 은숙과 복희가 잔을 새로 채울 즈음 용연이 왜 자꾸 깡술이냐며 한치볶음을 내왔다. 은숙이 생전에 좋아한 음식이었다. 세 사람은 매콤하고 달고 부드러운 것을 앞접시에 서로 올려주며 청하 두 병을 가뿐히 비웠고 남은 양념에 소면까지 비벼 먹었다. 12시였고 누울 사람들은 눕고, 가야 할 귀신은 갔다. 신데렐란가. 복희의 농담은 복희만 자주 웃는 농담. 그렇지만 이번에는 용연도 웃고. 두 사람은 더 가까워지기 위해서 잠이 들고 꿈을 꿨다.

그 후로도 은숙은 용연과 복희를 종종 찾아왔다. 그 만남을 두 사람은 기쁨으로 삼았다. 그런데도 은숙이 보름달이 뜨는 밤에 자주 나타난다는 사실을 깨친 뒤로는 그날에 맞춰 부러 밤마실을 나가기도 했다. 더는 애쓰고 싶지 않아서였다. 부모와 자식 사이로 사는 동안 그리 애썼으면 되었다. 은숙도 비슷한 심정이어서 서운할 것도, 속상한 것도 없었다.

　　덕분에 용연과 복희는 왕왕 가벼운 마음으로 포구에 돗자리를 깔고 담요를 펼치고 호롱 랜턴에 힘입어 책을 읽고 때론 야간 수영을 즐겼다. 그들은 달빛이 잔잔하게 깔린 바다에 누워 물결에 몸을 맡기며 비로소 자연에 속한 느낌을 받았고 그 감각이 전해주는 자유로움과 위안을 느긋하게 만끽했다. 그런 감흥에 취해 차별금지법 제정의 당위를 얘기하는 것이 복희 스타일이고, 투쟁 삼창을 외치는 건 용연의 몫. 그들은 함께 물에 들어가고 같이 물에서 나와 수건으로 몸을 서로 닦아주고 목덜미에 입을 맞추고 튜닉을 걸친 후에 무화과가 박힌 빵을 나눠 먹으며 육지와 섬 생활을 조용히 되돌아보곤 했다.

　　용연의 육지 이야기는 대부분 먹고살기에 관한 것이었다.

　　내가 마지막으로 일한 물류센터가 얼마나 열악한 환경

이었냐면, 서울과 고양을 오가는 통근버스에서 잠들었다 깰 때면 늘 죽다 살았네 중얼거렸어, 그러다가 센터에 불이 났는데, 불이 나서 사람이 죽었는데, 통근버스에서 잠은 안 자고 책을 읽던, 재수 없네, 가엾네, 부럽네, 마음이 가던, 내 옆 라인에 있던 사람의 이름조차 모른다는 사실이 괴로워서 아니 무서워서 통근버스를 탈 수 없었어, 불에 탄 사람이 그 와중에도 일하겠다며 거기 있을까 봐, 그게 보일까 봐 관뒀어, 아니 관두게 됐지. 그런 이야기 끝에 용연은 휘파람을 불고. 휘파람을 불기 전엔 꼭 어젯밤에도 불었네. 휘파람, 휘파람. 노래하고.

복희의 섬 이야기는 대부분 용연에 관한 것이었다.

시청 투쟁 텐트 앞에서 문화제 할 때 내가 너한테 먼저 말 걸었잖아. 기억나? 난 그때 노래도 기억해. 〈사랑은 그런 일〉이었는데. 강다솔 님이 모쪼록 세상 모든 사랑이 그런 일이길. 발언을 끝내고 기타를 치기 시작했는데 시청 쪽에서 전기를 끊어버려서 스피커가 나갔잖아. 다 같이 소리 지르고 손뼉 치고 다솔 님이 작지만 크게 불러볼게요, 우리는 모여 있으니까. 노래를 다시 시작하고. 5월 17일 아이다호데이 저녁. 봄바람이 살랑살랑. 네가 휘파람을 불고. 입술을 동글게 모은 네가 눈에 들어왔지. 그런 복희의 이야기가 끝날 때면 용연은 크다 사랑이 아주 커. 그러곤 어젯밤에도 불었네…….

두 사람이 휘파람 불고, 홍데렐라는 어려서 부모님을 잃고요, 노래하며 해변에서 노닥거리는 날에 은숙은 뭘 했느냐면, TV를 봤다. 혼자였지만 외롭지 않았다. 은숙에게는 국내 최초 트로트 서바이벌 프로그램이, 기동찬이 있었기 때문이다. 동찬이 어매~ 구성지게 소리를 뽑으면 은숙은 절로 무릎을 치고 벙긋 웃음을 띠었다. 울음이 아닌 게 어딘가. 사람이 울면 사람이 울게 되지만, 귀신이 울면 하늘이 울게 되나니. 하늘이 울면 세상 누군가가 귀신이 되고.

귀신의 팬질이란 거칠 것이 없어서 은숙은 동찬 오빠를 서슴없이 찾아갔다. 발그레해진 볼이 진정될 때까지 잠든 동찬 오빠 옆에 앉아 있었다. 그럴 때마다 동찬은 가위눌려 버둥거리고. 은숙은 그 모습마저 사랑스러워했다. 용연과 복희는 멋있으면 다 오빠라는 은숙을 귀여워하면서도 동시에 조금은 못마땅하게 생각했는데, 그들 마음속에는 동찬 대신 홍경 오빠가 저장되어서였다.

경과 동찬의 불화설과 팬들 간의 폭로전, 그로 인한 두어 차례의 휴방 끝에 경이 결선 진출에 실패하고 동찬이 톱 3까지 오르는 동안 달래네 맞은편에 만선횟집이 들어섰다.

들어섰다는 말보단 들어다 났다는 말이 어울릴 정도로 속전속결로 개업이 이루어졌다.

"큰 바람 불면 날아가게 생겼네."

"으리으리하네."

"역시 돈이 최고다."

이 만선횟집이 어떤 횟집이냐면, 하고 소문이 돌고 돌았다. 용연도 알아봤다. 그랬더니 이 만선횟집이라는 데가 어떤 횟집이냐면 해안 도로를 따라 돈 놓고 돈 먹기지 하는 식으로 가게를 차리고 인근의 식당들을 모조리 잡아먹은 곳.

"이번에는 차거도 포구가 목표래."

"쌍놈의 새끼들."

은숙이 뜨내기들이 꼬이면 식당도 뜨내기 식당이 되는 거고 돈으로 승하면 돈으로 멸하는 거라고 말을 이었다. 용연은 은숙을 엄마로서, 전 사장으로서 자랑스러워했고 복희는 죽은 사람 말씀을 들으면 자다가도 떡이 나온다는 소릴 믿었다.

"엄마, 죽으면 로또 당첨 번호는 쉽게 알 수 있는 거 아니야?"

용연은 청하 한 잔을 꺾어 마시며 물었고,

"나도 장사해볼까?"

골뱅이와 진미채를 한꺼번에 집어 먹으며 말한 건 복희.

"영감이 한 명 생겼다."

누구의 기대에 부응하지도, 상황에 딱 들어맞지도 않는 말을 꺼낸 건 다시 은숙이었다.

말마따나 만선횟집은 돈 들인 만큼 맛집과 멋집으로 유명해져서 낮술을 팔고 밤술도 팔았다. 차거도 포구는 새벽까지 불야성을 이루며 흥청댔다. 밤이면 포구 옆 동굴에 와 노닐다 가던 사월할망, 구월애비, 이월바람이 그곳을 찾지 않게 된 게 그때부터이고. 풍어 시절이 지나간 줄 모르게 지나갔다. 뒤늦게 그 사실을 안 토박이들이 굿판을 벌였으나 어획량은 회복되지 않았다. 물 빛이, 섬 빛이, 사람 빛이 점차 생기를 잃어갔다. 단골의 발길도 눈에 띄게 뜸해졌다. 당연하게도 포구 식당 대부분의 매출이 반토막 났다. 하나둘씩 폐업하고. 폐업 전에 만선횟집 사장에게 가게를 넘긴 아니 뺏긴 이도 여럿이었다. 하는 수 없이 피렌체부티크호텔까지 오가며 근근이 버티던 달래네 사장 용연에게도 제안이 들어왔다. 시세보다 조금 더 쳐줄 테니 가게를 내놓으라는 것이었다.

"맡겨놨어. 내놓긴 뭘 내놔."

"쌍놈의 새끼들."

"근데 엄마, 왜 자꾸 쌍놈이 아니라 쌍놈의 새끼들이라고 해."

"싸잡아서 욕하는 거지. 그런 놈이 어디 그놈뿐이야."

옆에서 둘의 대화를 가만히 듣고 있던 복희가 끼어들었다.

"장사합시다."

장사란 게 말이다, 장사란 게 말이지. 은숙과 용연이 번갈아가며 미지근하게 끼어들었지만, 다음 그다음 보름달이 뜰 때쯤 복희는 가게를 열었다. 간판은 없고. 없는데도 사람들은 그곳을 복희네라 하거나 달래네 아래 복희네라 일렀다.

복희네는 단일품목으로 반건조오징어를 취급했다. 도소매 거래 환영. 3만 원 이상 구매하면 전국 어디든 배송이 가능했다. 예상대로 시작은 미약했고 끝은 창대할지 알 수 없었으며 복희 사장이 불투명한 미래를 염려하기에도 바쁜 와중에 괴이한 말이 포구에 돌았다.

"먼저 간 엄마라는 사람과 저 딸 둘이 남자 셋을 잡아먹었대."

"저 딸 둘이 딸이 아니라던데."

"하나는 딸이고 하나는……."

복희가 그 말의 꼬리를 잡아서 끌고 거슬러, 거슬러, 올라가보니 시발점에 만선횟집 사장이 있었다.

"내 그럴 줄 알았지."

"개업 떡은 잘도 받아 처먹더니."

"두꺼비같이 생긴 게."

"두꺼비는 무슨 죄야. 두꺼비는 건들지 말자."

복희와 용연은 씁쓸해했지만, 곧 평정심을 되찾았다. 사실을 덮는 거짓은 있어도 진실을 지우는 거짓은 없으니까.

복희와 용연은 은숙이 이곳에 있든 없든, 남편이 있으나 없으나—실은 없었으므로—그녀가 이룩한 것을 귀하게 생각했다. 이를테면 달래네라든가 용연이라든가 노래 교실 친구들과 장가계로 4박 5일 패키지여행을 다녀온 일. 무엇보다 복희를 딸 대하듯 대한 마음. 그런 자부심으로 용연은 우리 엄마가 오래 산 건 아빠를 먼저 보내서야. 농을 칠 줄 알고. 부모 둘을 일찍이 떠나보낸 복희도 그럼 나는 너랑 오래오래 살겠다 맞장구치며 웃을 줄 알았다. 새벽부터 여자들이 웃으면 복되나니. 국 없는 밥상머리에서 이런 주문을 쓱 읊을 줄도 알고.

그렇지만 인생은 주문대로 되지 않아서 달래네와 복희네는 폐업 위기에 처했다. 위기라는 말은 상황을 지나치게 미화한 말이고, 두 집 모두 장사해요?라고 묻는 분위기가 아니라 장사 안 하죠?라고 확인하는 을씨년스러운 기운을 풍겼다. 꼬이라는 사람은 꼬이지 않고 길고양이가 한두 마리씩 모여들었다. 고양이들이 새끼를 낳고. 급기야는 가게에 드나드는 고양이가 사람보다 더 많아졌다. 복희와 용연은 고양이를 하나하나 귀하게 여겨 이름을 붙여주었다. 그 이름을 한 번에 부르면 자축인묘진사오미신유술해.

고양이를 쥐, 소, 호랑이, 토끼, 용, 뱀, 말, 양, 원숭이, 닭, 개, 돼지라 부르게 된 이유를 용연에게 물으면 통합적인 사고의 결과로서 하고 말을 시작했고, 복희에게 물으면 통섭적인 사고의 결과라고 말을 끝맺었다. 통합이든 통섭이든 외기 쉽고 부르기 쉽고 잘 잊히지 않는 이름 때문인지 고양이 열두 마리는 늘 무리 지어 다녔는데, 그게 화제가 되어 '십이묘'는 차거도 포구의 명물이 되었다. 명물이 있으면 또 찾아오는 이들이 늘고. 그래도 달래네와 복희네는 공치는 날이 더 많았다. 십이묘를 검색하면 만선횟집이, 만선횟집을 검색하면 십이묘가 연관검색어로 떴다.

"죽 쒀 개 준다고, 쌍놈의 새끼들 좋은 일만 시켜주네."

은숙은 안 되겠다 싶어서 십이묘를 앉혀두고 대화를 시도했는데 어느 날, 걔들 중 가장 말이 잘 통한다 싶은 묘가 선착장 뒤에서 만선횟집 사장과 접선하는 광경을 목격한 후부터는 묘 대신 술을 찾았다. 하지만 술은 사람이 좋은 개냥이로서…….

　　사람 손을 너무 많이 타서 자축인묘진사오미신유술해가 자축인묘진사오미신유해가 되고 다시 자축인진사오신이 될 무렵 복희네 택배 주문 건수가 눈에 띄게 많아졌다. 〈젠틀맨 트로트〉에서 준우승을 차지한 임승남이 반건조오징어를 안주 삼아 1일 4캔을 하는 모습이 방송을 타고, 그 반건조오징어가 복희네 반건조오징어라는 사실을 네티즌 수사대가 알린 것이었다.

　　"위대하다."

　　"자랑스럽지."

　　복희와 용연은 네티즌 수사대에 경의를 표했다. 그 기세가 꺾이지 않아서 용연은 달래네 문에 임시 휴업을 써 붙이고 복희와 일했다.

　　"인생 알 수 없네."

　　"알 수 없어."

　　둘은 말을 주거니 받거니 하며 점점 더 늦게 잠들고 더 일찍 깼다. 너무 피곤한 나머지 현실에선 대화할 수 없어서 꿈에서 만나, 복되게 살자 하니 복이 온다, 복희야. 용연은 웃고. 용 됐다, 우리. 복희는 용연을 다시 웃게 하고, 웃는 용연을 보며 계속 웃다가, 꿈 깨도 웃자. 웃을게. 꿈에서는 늦게까지 잤다.

이 정도로 상황이 반전되면 아마도 누구나 승남에게 넙죽 절할 텐데 복희와 용연은 승남 대신 경에게 마음을 전했다. (사실 그들은 승남을 미워했다. 경이 승남과의 라이벌 대결에서 패해 결선 진출에 실패했기 때문이다.) '임승남도 좋아하는 복희네 반건조오징어'라는 문구를 적어 경의 소속사로 택배를 보낸 것이다. 그런데 (알 수 없네) 그게 또 (알 수 없어) 일을 냈다.

경이 인스타그램에 조공품을 찍어 올리자 그걸 본 승남이 해시태그 '복희네_부들부들'을 붙여 사진을 올리고 그게 또 온라인 세계를 유랑했다. 일련의 과정을—복희는 선순환이라고 불렀다—거쳐 좀 오네 싶던 주문이 밀려왔고 밀렸고 누가 주문을 좀 말려줬으면 하는 상황에 이르렀다. 마침내 복희네 반건조오징어는 원한다고 먹을 수 있는 음식이 아닌 게 되었다. 복희와 용연도 자주 먹지 못했다. 설마(은숙이었고), 그러게요(복희였다).

용연은 원목 접시에 담은 노릇하게 구운 반건조오징어 두 마리와 청하 한 병을 내오며 으스댔다.

"돈 있어도 못 먹는 거야, 엄마."

"이런 시시한 걸."

말해놓고도 은숙은 술을 홀짝홀짝 기분 좋게 마셨다. 복희의 뺨도 붉어졌다. 용연은 그런 얼굴(광경)을 보며 흡족한 미소를 짓고. 그런 용연을 보던 은숙이 이때다 싶은 얼굴로 지난번에 말한 영감이 말이지, 마음에 담아둔 말을 꺼냈으나 용연은 우리 사장님 또 시작하려고 하네. 시간 얼마 안 남았어요. 말을 똑 자르고 빈 잔에 술을 따랐다. 엄마, 영감님이랑 같이 한번 오세요. 복희는 오징어 다리 하나를 은숙의 입에 물려줬다. 은숙은 역시, 복희다. 마음속으로 되뇌고.

그즈음 복희도 시간이 얼마 안 남았다는 소릴 자주 들었다. 시간이 없습니다. 물 들어올 때 노 저으셔야죠. 듣도 보도 못한 곳에서 사업 제휴 문의가 빗발쳤다. 각종 축제와 대학 행사에서는 제휴를 가장한 협찬을 문의해왔다. 심지어 대한어버이협회 산하 태극강철부대라는 곳에선 복희를 연사로 초청하기도 했다.

"이것이 트로트의 힘인가? 어째서 나를. 우리 사이 아몰랑. 태극기 봉으로 때려죽이려고 부르나."

복희의 농담은 복희만 자주 웃는 농담이지만, 용연이 웃으며 대꾸했다.

"이도 성치 않은 양반들이. 근데, 사업이라는 게 가게랑은 다르네."

그러게. 대꾸하는 복희란 어릴 적 여성농민회 회원 사업을 해본 게 전부인 복희. 그러나 그런 복희가 또 어떤 복희냐면, 그 옛날 허순임이 전여농 소식지에 연재하던 〈언니 말을 들으면 자다가도 떡이 생긴다〉를 한 회도 빠짐없이 스크랩하여 지금까지도 보관 중인 복희였다.

담당자가 시간이 없다고 하는 사업은 절대 시작하지 말 것. 시작부터 시간이 없다는 말은 끝날 때까지 당신을 갈아 넣어야 한다는 갑의 선언과도 같다.

복희는 언니의 충고대로 총 일흔일곱 군데에 답장—저희는 저희 방식대로 잘 흘러가보려 합니다—을 보냈다. 처음에는 한 글자 한 글자를 적어 보냈는데 어느 순간부턴 '복붙'의 달인이 되어 문구를 바꿔 써볼까 생각하기도 했다. 물이 너무 세서 노가 부러졌습니다. 쉬지 않고 답장을 보냈지만, 읽지 않은 편지가 쌓였다. 일손이 간절해졌고 복희가 노를 부러뜨릴까 생각한 차에 '보낸 사람 정경원'이라고 적힌 메일이 도착했다. 순임 언니의 소개로 편지를 보낸다며 경원은 자신을 정경이라고 불러달라고 했다.

산고농협 인근에서 1년 전부터 작은 책방을 운영해온 정경은 서점 벌이가 들쭉날쭉 신통치 않아서 책방 휴무일에 다양한 아르바이트를 한다고 했다. 복희는 정경이 보낸 글을 반도 채 읽기 전에 내일 저녁 7시에 복희네로 와주세요. 답장했다. 인상적인 구절 때문이었다.

일할 사람을 구하신다고요? 제가 일할 수 있는 사람입니다.

복희는 그 구절을 읽자마자 이 사람이랑은 일해야겠네 싶었다. 농민회에서 활동을 막 시작할 때의 자신을 머릿속에 그리며 미소 지었다. 덕분이에요. 정경에게 고마운 마음을 전하며 말해주고 싶었다. 전여농 소식지 통권 38호. 여성은 연결될 때 완성된다.

약속 당일, 정경은 책방 문을 조금 일찍 닫고 복희네로 향하면서 왜인지 모르게 섬 생활을 되돌아보았다. 빠르게 갈 수 있는 길을 두고 애써 빙 둘러 가며 잠시 무락해변을 걸었다. 날이 맑아 모처럼 제대로 된 일몰을 감상했고 옛 추억에 젖었다. 왜냐하면, 다시 돌아온 싸이월드를 열어보았기 때문.

여행객이었던 정경은 산고 사거리 백반집에서 여행객이었던 강석구를 만났다. 그와 동행하며 하루를 보내고 여행 마지막 날 다시 만나기로 했는데 석구가 나타나지 않았고,

"알고 보니 둘이 약속 장소를 다르게 기억했다?"

복희였다.

"불의의 사고로 석구가⋯⋯."

용연이었다.

"아뇨, 문자를 받았죠. 15분 정도 늦을 것 같다고."

정경과 석구는 다시 만나 함께 비에 젖은 숲길을 걸었고 2년 동안 연애하며 계절이 바뀔 때마다 이곳을 찾았고,

"육지 생활을 정리하고 섬으로 왔다?"

복희였고,

"살다 보니 사랑은 식고⋯⋯."

용연이었다. 복희는 정색하며 용연을 힐끗 쳐다보고 복희 때문에 정경은 웃으며,

"아뇨, 헤어졌죠. 육지 떠나기 전에. 자기는 여기로 여행은 와도 살지는 못할 것 같다고 하더라고요. 그래서 저혼자 산고로 와서 한 1년 동안 사거리 백반집에서 아르바이트하다가 거기 사장님이 지금의 책방 자리를 소개해주셔서, 퇴직금이랑 1년 동안 모은 돈이랑 올인."

"잘돼야 하네. 무조건."

"그러게. 무조건 무조건이다."

"근처에 사진 맛집만 들어오면 되는데⋯⋯."

밥과 술을 겸하는 수다 도중에―용연은 이런 게 말로

만 듣던 압박 면접인가 했고, 정경은 제가 약간 날로 먹은 거 같은데요 했고—복희는 책방 휴무일인 월, 화, 수 10시부터 4시까지 일하자고 정경에게 최종적으로 제안했다. 지금까지 복희를 복희 쌤이라고 부르던 정경은 그때만큼은 네, 사장님, 했다. 그리고 물었다. 그나저나 쌤, 순임 언니랑은 어떻게 아는 사이예요?

"아, 순임 언니를 최연옥 노래 교실에서 처음 만났는데요……."

"노래 교실이요?"

"네."

"노래 따라 부르면서 손뼉도 치고 옆에 있는 사람도 치고 막 웃고 그런 데?"

"네."

"순임 언니가 거길 다녔다고요?"

"다닌 정도가 아니라 순임 언니가 거기 찐. 율동을 얼마나 잘하는데요. 몸짓패 출신이라서."

"세상에."

"네, 세상에. 거기서 순임 언니가 조직을 했어요."

"역시."

"그쵸? 순임 언니가 거기에서 청소하던 저한테 접근해

선 창신리 이장 출마를 권했어요. 여기 언니들이 다 도와주기로 했다고. 젊은 피 어쩌고 하면서.”

“계획적이다.”

“계획적이죠?”

“그래서요?”

“출마했죠. 제가 그땐 순임 언니만 보면 눈이 그냥 하트가 돼서.”

“됐어요?”

“됐겠어요?”

“설마.”

“네, 설마가 사람 잡잖아요. 됐죠, 이장이. 이장 선거라는 게 남자, 어르신, 지역 유지, 알력과 맞서는 싸움이거든요. 박이 터졌는데, 순임 언니가 또 투쟁에서 밀린 적은 있어도 진 적은 없는…….”

“뭐야, 순임 언니 말솜인 줄만 알았더니. 술자네. 기술자.”

꽃게라면을 내오며 용연이 끼어들었다.

“순임이가 최고지.”

“어머, 깜짝이야.”

마침 은숙이 정경을 놀라게 하며 나타났다.

그리하여 달래네 아래 복희네에서는 여자 셋이 일하고, 때가 되면 여자 넷이 모여 술을 마셨다. 그 술자리가 재밌다는 이야기를 듣고 가장 먼저 찾아온 이는 역시나 전설의 순임. 순임은 은숙을 유일하게 언니라고 부를 수 있는 사람이라서 은숙을 보자마자, 언니, 저승 가더니 더 고와졌다. 단도직입적으로 말하고 그 말을 놓칠 은숙이 아니라서 그래서 내가 영감 하나를 만났어. 어매~ 한 건 또 순임이고. 좋겠다, 한 건 정경. 과연, 한 건 용연. 건배합시다, 하며 술병을 들고 빈 잔들을 채운 건 복희였다.

　　들자 하니 은숙이 만나는 영감은 죽은 지 얼마 되지 않은, 사후 세계에선 신생아 같은 존재였다. 그래서 이승에 미련을 버리지 못하고 하루에도 열두 번씩 눈물을 흘린다고 했다. 울음의 주된 원인은 이승에 남겨놓고 온 것들이었다. 그중에서도 달이라고 이름 붙인 수석이 눈물 버튼이었다. 돌이 돌이지. 은숙이 아무리 얘길 해도 듣질 않는다고 했다. 그러니 어쩌겠니. 은숙은 자기 앞에 나란히 앉은 자매들에게 다음에 올 때까지 그와 비슷한 돌을 하나 구해달라고 청했다. 검은 돌 가운데 초승달 무늬가 있는 돌이라고 했다. 거기선 돈도 아니고 돌로 마음을 사는구나, 좋네. 근데 그 영감님은 엄마처럼 못 다녀? 신생아잖아. 아, 아장아장. 은숙의 말에 복희가 두 손을 움직이며 고개를 끄덕였다. 돌쯤이야(정경). 어매~. 순임은 젓가락으로 상을 두드리며 노래를 불렀다.

다음 날부터 자매들은 사진까지 찍어 채팅방에 공유하며 열과 성을 다해 돌을 찾았고, 마침내 돌 하나를 은숙에게 전했다. 고군분투 덕에 신생아 영감은 이승에 두고 온 것들에 미련을 버리고 눈물을 그쳤고, 이제 연애를 좀 해보는가 은근히 기대하던 은숙의 뒤통수를 쳤다. 처음엔 너무 울어 탈이더니 이번엔 너무 웃어 탈이었다.

신생아 영감이 돌은 잊고 어디서 나타났는지 모를 고양이에게 새로이 애정을 쏟은 것이었다. 은숙이 보니 저승의 묘란 게 꼭 이승의 묘 같고. 그 묘를 보노라니 불쑥 이런 말이 떠올랐다고 말했다. 적은 가까이 두고 내 편은 멀리 둔다. 그래서 자기 집에 묘의 자리를 마련했다. 성공적이었다. 방문의 목적이 어찌 되었든 신생아 영감은 자주 찾아왔고 두 사람은 서로를 열심히 깨물어주었다. 이승에선 깨물어본 적도 깨물려본 적도 없는 곳까지 구석구석. 묘는 그에 맞춰 밤마실을 나가고.

나가서 보니 만선횟집은 여전히 시끌벅적했다.

별관의 별관의 별관을 차리고 바다뷰 맛집으로 홍보에

열을 올리고 급기야 산고 시내에도 배달 전문점을 차리며 노를 세차게 저어 갔다. 노가 부러지기는커녕, 결국에는 추진한 바대로 어리바리한 육지인들에게 본관과 별관과 별관의 별관 그리고 배달 전문점을 나누어 팔았다. 시세보다 딱 세 배 더 비싼 값이었다. 그들 말로 자본의 논리라고 하는 것이 행해지는 동안 동네 십이묘 중에 남은 고양이는 자신이었다. 두 고양이는 항상 꼭 붙어 다녔고 사람을 보면 재빨리 숨었고 간혹 변신하고 나타나 취객들을 골탕 먹이고는 유유히 사라졌다. 그 섬에서 두 발로 걷는 고양이에 관해 횡설수설 떠드는 이를 만나거든 자신이군요. 대꾸하면 될지니. 자신이 있으나 없으나 복희네 반건조오징어의 인기는 점차 시들해졌다.

　복희도 용연도 다시 가게 주인이 되었다. 다행이라고 둘은 안도했다. 작은 책방 옆으로도 드디어 사진 맛집 카페가 생겼다. 정경도 덩달아 바빠졌다. 기다리던 바였고 원하던 것이므로 정경은 어느 때보다 활력이 넘쳤다. 복희는 정경에겐 뜨내기를 단골로 만드는 힘이 있다고 했다. 그걸 일러 정경의 마음이라 했고 그걸 또 줄여서 정경심이라 했다.

　(이제 잘 아시죠?) 복희의 농담은 복희만 자주 웃는 농담. 어쨌든 정경심으로 손님을 상대하느라 정경은 책방 휴

수월水月

무일을 줄이고 복희네론 하루만 출근했다. 말이 출근이지 일거리가 확연히 줄어 친목 도모가 주가 되었다. 용연은 이렇게 된 김에 새 마음 새 기분 느끼고파 달래네 외벽을 새로 칠하고 내부를 다시 단장했다. 상호까지 '경이 사랑'으로 바꿔서 다시 한번 개업하려 했으나, 속을 사람(뜨내기)은 속아도 속지 않을 사람(단골)을 속이면 안 된다. 은숙이 막아섰다.

그래서 달래네는 예나 지금이나 달래네. 만선횟집의 폐업 아닌 폐업이 이어지는 동안에도 계속 달래네. 태풍 록시나로 인해 '새로운 모습으로 찾아뵙겠습니다'라고 적힌 낡은 현수막이, 네온사인 간판이, 유리문이, 집기가, 누군가의 예언대로 만선횟집이 통째로 다 날아가고 만선횟집 있던 자리가 공터가 될 때까지 달래네는 달래네였다.

록시나가 혹시나 했지만 역시나 달래네도 달래네 아래 복희네도 태풍 피해를 입었다. 복희와 용연은 집을 나와 피렌체부티크호텔에서 머물렀다. 달래네를 원상 복구하는 데에는 꼬박 5개월이 걸렸고 달래네 아래 복희네는 그마저도 불가능했다. 첫 살림과 첫 장사의 설렘과 낭만과 추억이 깃든 그곳을 어떻게든 되살려보고자 애썼으나 헛수고였다. 괜한 데 힘 빼지 말고(은숙), 물에 잠겼던 집에 사람 사는 거 아니래요(정경), 결정적으로 순임이 한 방 날렸다. 번 돈 뭐에다 쓸래.

두 사람은 달래네 아래 복희네를 영등할망에게 휴게실로 제공하고 순임이 소개해준, 차거도 포구와 산고농협 사이, 지은 지는 오래됐지만 지을 때 잘 지어서 속이 튼튼하다는 2층 건물을 샀다. 복희 사장은 건물 1층에 달래네 아래 복희네를 열고, 용연과 복희는 2층에 새로이 각오한 바대로—방 세간은 단출하게 장만할 것—두 번째 살림을 꾸렸다.

당연하게도 개업식과 집들이를 겸하기로 한 '개집데이'에도 보름달이 떴다.

은숙이 일타쌍피 선물이라며 들고 온 건 돌이었다. 푸른 돌의 중심에서 희고 둥근 무늬가 빛났다. 물에 비친 달이라고 했다.

"우리 사장님, 돌을 줬더니 돌을 주네, 돈도 아니고."

(말한 건 누구일까요?) 복희는 밥상 두 개를 내와 나란히 붙인 후에 살얼음이 낀 청하 두 병을 냉동실에서 먼저 꺼내 왔다. 정경이 '시, 사랑, 정치, 자연'이 새겨진 에코백에서 꺼낸 건 아닌 밤중에 커피였는데, 사진 맛집 사장 김병운이 챙겨 주었다고 했다.

"꼬셨어?"

(한 건 또 누구?) 혼자보단 둘이 좋은 거야. 둘보단 셋이 좋고. 내가 쟤네 둘이 사랑하는 사이란 걸 진즉 알았더라면 얼마나 더 행복했겠니. 또 말한 건 은숙이고. 설마, 과연, 그러게요, 그렇죠로 이어지는 끊임없는 대화 속에서 드디어 잔칫상이 차려졌다.

"사람은 안 변한다니까. 순임 언니가 노래 교실에서도 단골 지각생이었어요. 맨날 노래를 중간 부분부터 배웠는데, 그런 사람 알죠? 그런데도 처음부터 배운 사람보다 잘하는 사람, 그게 순임 언니였어요. 어찌나 노래를 자기 멋대로 부르는지."

복희의 말이 끝나기 무섭게,

"언니, 죄송해요, 시간도 없는데."

순임이 들어섰다. 순임이 입은 조끼에는 여성 농민 도의원 비례대표 후보 허순임이라는 문구가 적혀 있었다. 네 명이 동시에 조끼를 보자 순임은 두 손을 내밀며 손 한번 잡아주이소, 하며 웃었다.

맑은 술이 담긴 잔이 돌고 돌고 노래할 사람은 노래하고 춤출 사람은 춤추고 갈 사람은 가지 않고 이승에 미련이 없는, 가야 할 귀신이 가고 싶지 않아 해서 산 사람들이 어르고 달래 저승문 앞까지 배웅했다.

집으로 돌아오는 길에 용연은 휘파람을 불고 복희는 용연의 동그란 입술을 보다가 용연의 손을 꼭 잡았다. 오늘 밤에도 불었네. 휘파람. 휘파람. 순임은 외투 호주머니에서 반건조오징어를 꺼내 씹으며 흥얼거렸다. 정경은 달 봐요, 달. 병운에게 메시지를 보냈다. 병운이 보내온 건 맛있는 사진 한 장. 사월할망, 구월애비, 이월바람, 영등할망이 동굴에 모여 앉아 잔을 높게 들며 건배하는, 바다에 큰 달 뜬 밤이었다.

세상에
사연 없는
사람도 있나

**GHOST
DUET**

노사연과 이무송의 결혼 소식을 듣던 숙자 씨는 밥상에
숟가락을 내려놓고 깊고도 넓은 생각에 빠졌다. 살다 보니
숙자 씨에게도 이런 순간이 찾아왔다. 그녀는 고심 끝에 자
신의 삶이 이토록 무미건조한 데에는 다 그럴 만한 이유가
있으며, 무엇보다 자신에게 더는 사연이 없어서라는 결론
에 이르렀다. 라디오 볼륨을 낮추고, 밥상을 방 한쪽으로 치
우고, 내일부터는 사연을 만들자고 마음먹었다. 그로부터
오랜 시간이 흘렀다. 흐르다 보니 숙자 씨에게도 결심을 미
루고 미루어야 하는 일들이 연이어 발생했다. 남편 신운선
씨에게 마침내 사랑이 찾아왔고, 아들 신태현 씨는 자신이
만나는 사람이라며 박민준 씨의 사진을 보여줬다. 신운선
씨의 사랑이 막장으로 치달았느냐 하면 그렇지 않았고, 신
태현 씨가 박민준 씨와 계속 사귀었느냐 하면 그것도 아니

었다. 신운선 씨는 자기 사랑에는 운명의 3요소, 그러니까 인물·배경·사건이 있음을 거듭 강조하며 조선미 씨를 가족에게 소개했다. 신운선 씨의 예상과는 다르게 숙자 씨와 조선미 씨는 서로 머리채를 잡지 않았고, 조선미 씨의 생각과 달리 숙자 씨에게는 기품이 서려 있었으며, 신태현 씨는 계획대로 신운선 씨와 조선미 씨를 본체만체했다. 그러면서도 아버지의 열정을 이해했는데, 그 역시 새로운 사람이 생겨서 오랫동안 연애한 박민준 씨를 매몰차게 차버렸다. 아들을 이해한 건 숙자 씨였고, 신운선 씨는 너는 언젠가 네가 달고 태어난 것 때문에 큰 화를 입게 될 거라고 아들에게 악담을 퍼부었다. 불행 중 다행으로 얼마 뒤 신운선 씨의 고환에서 암 덩어리가 발견됐다. 그 소식을 처음으로 전해 들은 신태현 씨는 숙자 씨에게 알리기도 전에 박민준 씨에게 전화했다. 새벽이었다. 그는 술에 취해 애상에 잠겨 있었다. 이제 막 만나기 시작한 김성민 씨에게는 없는 감정이 옛 연인에게는 남아 있었다. 자니? 잔다, 했으면 깔끔했을 텐데 박민준 씨 역시 희미한 감정이 나부껴서 아니, 라고 말했다. 옆에 누구 있어? 신태현 씨가 재차 물었고, 아직…… 박민준 씨는 의도치 않게 여운을 남기며 대답했다. 그때 박민준 씨 옆에 사람이 있었는가 하면 물론 아니었다.

그의 옆에는 기가두리가 있었다. 기가두리는 얼굴 인식 홀로그램 스피커로, 박민준 씨는 기가두리를 머리맡에 두고 자기 전에 대화하고 잠에서 깨자마자 우리 두리, 하고 대화를 시작했다. 박민준 씨가 세련된 현대인이 된 건 만년 대리 이병춘 씨 선물 덕이었다. 이병춘 씨와 대학 시절 '하느님의 어린양'에 소속되어 활동을 같이한 양태운 씨는 최성제 씨와 함께 해물운동회라는 가게를 운영했다. 양태운 씨와 최성제 씨는 젊을 적 잠시 사귀었고, 지금은 보란 듯이 형제처럼 지냈다. 양태운 씨가 아버지 양상기 씨에게 물려받은 손맛 덕에 가게는 그 일대 맛집으로 제법 소문이 나 있었다. 손맛에 사족을 못 쓰는 신운선 씨와 조선미 씨는 바야흐로 사귄 지 300일을 맞아 그곳에 갔다. 두 사람은 해물탕 대짜에 소주를 나눠 마셨다. 술병이 늘어날수록 그들의 애정 행각도 다채로워졌다. 누가 더 사랑하는지, 우리는 왜 이렇게 늦게 만났는지 속삭였고, 그깟 불알이 우리 사랑에 걸림돌이 될 수 없다며 부둥켜안고 쓰다듬고 입을 맞추다가 어르신 주변에 보는 눈도 있고 하니, 양태운 씨의 저지에 기분을 잡친 채로 식당을 나왔다. 택시를 잡아탔다. 대낮에 하모니모텔로 가는 택시 안에서 둘은 잠시 소강상태에 접어들었다. 신운선 씨는 양태운 씨가 자신을 어르신이라 부른 것에 관하여, 조선미 씨는 '보는 눈'에 관하여 생각했다. 옛 남자를 떠올렸다. 경남의 한 자동차 부품 도색 업체에서 일하던 최휘병 씨였다. 조선미 씨는 스피커 회사 경리로 일하며 최휘병 씨와 단출한 살림을 꾸렸다. 적당히 외롭고 자주 웃으며 살았다. 아이는 없었으나 최휘병 씨에게 다소 어린아이 같은 면이 있어서 조선미 씨에게는 그게 삶의 낙이었다. 평온했던 두 사람의 생활은 최휘병 씨가 근무 중에 사고를 당하면서 한순간에 무너졌다. 그 일로 그는 회사와 긴 싸움을 시작했다. 알코올과 아내의 노동력에 힘입어 수년간 소송 전쟁을 치렀고 가까스로 2000만 원이라는 돈을 손에 쥐었다. 그러나 그 후 2년 동안 정신병원을 들락날락했다. 산 사람이었지만 살고 있는 사람은 아니었다. 불에 그슬린 사람처럼, 반쯤 타다 만 사람처럼 얼굴빛이 검었던 최휘병 씨는 어느 날 철거를 앞둔 빈 건물에서 스스로 목숨을 끊었다. 조선미 씨가 오렌지마트로 출근한 지 일주일째가 된 날이었고, 복직 투쟁을 해보려고 한다는 동료들을 되돌려 보낸 날이기도 했다. 조선미 씨는 까무룩 잠이 든 신운선 씨의 얼굴을 들여다보다가 검지에 침을 묻혀 그의 입가에 허옇게 들러붙은 침 자국을 닦아주었다. 최휘병 씨가 죽지 않았다면, 살아서 늙음을 경험할 수 있었더라면,

그날 그 바닷가에서 목도리를 잃어버리지 않았다면, 그걸 들고 뛰어온 사람이 신운선 씨가 아니었다면…… 조선미 씨의 상념이 어느덧 좁고 좁은 회한의 초입까지 다다랐을 무렵이었다. 아줌마 운전 좆같이 하네, 이용이가 큰 소리로 욕설을 내뱉었다. 난데없는 소리에 놀란 신운선 씨가 서빙이나 하는 주제에, 흑돼지 같은 게, 사내구실도 제대로 못하게 생긴 게, 고부라진 혀로 잠꼬대인지 혼잣말인지 모를 말을 웅얼거렸다. 조선미 씨는 신운선 씨의 어깨를 토닥였다. 코끝이 찡해서 눈을 감았다. 두 사람의 하모니는 소리 없이 완성되어갔다. 택시 안이 고요해졌다. 이용이는 갑작스레 강한 요의를 느꼈다. 한 손으로 아랫배를 부여잡았다. 가까운 주유소 앞에 차를 세웠다. 이용이가 좌변기에 앉아 이어질 듯 이어지지 않는 오줌발에 한숨짓고, 끊어질 듯 끊어지지 않는 변 때문에 안절부절못하는 사이에 잠에서 깬 신운선 씨와 조선미 씨는 어디인지도 모르면서 무작정 택시에서 내렸다. 시원찮은 기분으로 화장실에서 돌아온 이용이는 차 문을 활짝 열고 잠시 텅 빈 뒷좌석을 보다가 깔판 안쪽에 떨어진 검정 지갑을 발견했다. 지갑을 열어 신분증을 확인해보니 권윤엽 씨의 것이었다. 이용이는 운전석에 올라 지갑을 점퍼 안주머니에 넣고 다음 주에는 기필코

건강검진을 받으러 가야겠다고 다짐했다. 택시를 다시 해물운동회 쪽으로 돌렸다. 잠시 후, 그는 가게로 들어가 다찌 맞은편 테이블에 앉았다. 양태운 씨가 물 한 컵을 내왔다. 이용이는 군침을 삼키며 낙지풍덩칼국수를 주문했다. 풍덩, 하고 풍덩, 하며 이용이가 겉절이를 몇 번 집어 먹고 있자 곧 최성제 씨가 낙지풍덩칼국수 한 그릇을 들고 왔다. 얼아. 이용이가 알은체했다. 최성제 씨가 어리둥절하게 바위 선배, 대꾸했다. 두 사람이 어색하게 대화를 나누는 사이에 양태운 씨는 이병춘 씨에게서 온 텔레그램 메시지를 확인했다. 후배에게 좋은 사람을 소개해주고 싶으니 좋은 사람을 소개해달라는 내용이었다. 주변에 좋은 사람이 있었으면 내가 먼저 사귀었지. 양태운 씨는 답을 하려다 말고 키는 커? 물었다. 네가 좋아할 만한 아담하고 귀여운 사람이 있는데 소개팅할래? 이병춘 씨의 메시지를 받은 박민준 씨는 자신이 분해해서 가지런히 정리해놓은 손목시계 부품을 뚫어지게 보았다. 7년이었다. 7년이라는 시간은, 까지 생각한 박민준 씨는 더는 생각할 것이 없고 더 생각해서 내뱉게 될 말은 분명 덜 생각해서 내뱉는 말보다 나쁘리라 생각한 끝에 이병춘 씨에게 알겠다는 답장을 보냈다. 형, 지난번에 보내준 기가두리도 고마워, 라는 말도 덧붙였다. 이병춘 씨는 양태운 씨에게 답장했다. 양태운 씨는 이용이의 맞은 편에 앉아 있는 최성제 씨를 불러 이병춘 씨가 보낸 전화번 호를 보여주었다. 소개팅, 하고 짧게 말한 뒤에 말을 이었 다. 아는 사람? 아는 사람인가. 최성제 씨는 골몰했다. 우리 는 새소리중공업에 함께 다녔다. 끝. 최성제 씨는 그해, 알 던 사람이에요, 심드렁하게 대꾸했다. 그해 회사는 곧 망할 것처럼 굴며 임금 지급을 11개월씩이나 미루다가 끝내 직 원들에게 퇴직을 종용했다. 직원들은 앉아서 당할 수만은 없다며 급하게 노조를 결성했고 투쟁에 돌입했다. 지부원 이던 한얼은 지부장인 차돌바위를 무척 잘 따랐다. 두 사람 은 현장뿐만이 아니라 일상에서도 죽고 못 사는 선후배 사 이였다. 빤스도 돌려 입는다고 소문이 날 정도로 가까웠던 두 사람은 차돌바위가 노조원 참깨(최금숙)에게 폭언을 내 뱉으면서 차츰 멀어졌다. 참깨는 혼자서 두 딸을 키우는 사 람으로서 누구보다 먹고사는 일이 시급했는데도 언제나 투 쟁의 선봉에 서는 당찬 노조원이었다. 참깨에게 차돌바위 가 (맙소사) 해일이 오는데 조개를 줍느냐, 이래서 여자가 싸움판에 있으면 문제가 된다, 뭔가 신호를 줬으니 걔가 그 런 게 아니겠냐는 식의 막말을 한 건 차돌바위가 아껴 마지 않는 부지부장 박사(봉선훈) 때문이었다. 박사가 술자리에서 참깨를 성추행한 것이다. 참깨는 박사가 자신이 한 짓을 뉘우치고 사과하고 그에 합당한 벌을 받도록 노조에 요구했다. 그것이 희선과 희란의 미래를 위한 일이라 믿어서였다. 그러나 그 일로 참깨는 노조를 떠났고, 박사는 노조에 남았다. 당시 사건 처리를 문제 삼아 참깨와 함께 노조를 떠나온 이가 한얼(최성제), 굴뚝(배성우), 빛쟁이(하지현), 친환경(양경희), 청소부(안경미)였다. 최성제 씨는 그릇을 들고 국물을 마시는 차돌바위에게 잠시 눈길을 주었다가, 안녕하세요? 소개받고 연락드립니다. 박민준 씨에게 메시지를 보냈다. 바로 답장이 오지는 않았다. 기다리는 동안 최성제 씨는 옛 동지들에게 연락했다. 차돌바위가 낙지풍덩 칼국수 먹고 있음. 한얼의 메시지를 받은 친환경과 빛쟁이는 누가 먼저랄 것도 없이 동시에 답장을 보내왔다. 소금 뿌려, 빛쟁이였고, 침 뱉어, 퉤퉤, 친환경이었다. 두 사람은 몇 해째 동거 중이었다. 하지현 씨의 남편 복지원은 신혼 초부터 의처증이 심했다. 그는 시간 단위로 아내의 동선을 점검했고, 자신이 생각하는 동선과 조금이라도 벗어난다 싶으면 즉시 아내가 있는 곳으로 달려왔다. 하지현 씨는 그런 남편이 무서웠지만, 더 무서운 건 그렇게 나타나서 사람 좋은 얼굴로 태연히 자신의 친구들을 대하는 남편이었다.

사정을 모르는 하지현 씨의 친구들은 복지원을 '스위트 가이'라고 불렀다. 미칠 노릇이었지만 어디다 터놓고 얘기할 수도 없었다. 수치스러웠다. 그런 남편이 아니라 그런 남편을 떠나지 못하는 자신이. 이후 두 사람의 결혼 생활은 누구나 알지만 누구도 모르는 비극으로 진행됐다. 하지현 씨는 14년 동안 남편에게 맞았다. 처음엔 손으로, 보이지 않는 부위를 맞았고 마지막엔 골프채에 맞아 앞니가 부러졌다. 하지만 자기 이름으로 된 집 한 채를 마련하기 위해서 죽기 살기로 남편의 폭력을 견뎠다. 꿈꾸던 바가 실현되자마자 이혼을 요구했으나 이혼에 이르는 과정도 쉽지 않아서 남편과의 오랜 법정 다툼 끝에 자유의 몸이 되었다. 되는가 싶었는데, 그 뒤로 1년 동안 복지원에게 스토킹을 당했고, 그가 직장암 말기 판정을 받으면서 마침내 '생존자'가 되었다. 양경희 씨라고 특별히 다른 결혼 생활을 한 건 아니었다. 다르다면 시아버지 홍은택이 남편 홍기정 못지않게 개차반이었다는 거였다. 둘은 그 아버지에 그 아들이라는 말이 딱 들어맞는 부자로, 그들이 껄떡댄 여자만 족히 수십 명이었다. 양경희 씨와 시어머니 염홍순 씨가 함께 욕하고 울고 웃은 세월이 또 한 세월이었다. 양경희 씨는 염홍순 씨의 황혼이혼을 도왔고, 염홍순 씨는 양경희 씨가 황혼이 되기 전에 이혼하도록 도왔다. 두 사람은 민족적(!) 과업을 이룬 뒤 연락을 끊고 각자의 삶을 살았다. 바닷가 마을로 내려가 비로소 속 시끄럽지 않은 삶을 살았던 염홍순 씨의 영정을 보고 양경희 씨는 많이 웃었다. 그녀가 자신에게 남긴 통장을 보고는 많이 울었다. 통장에는 서울에서 방 한 칸 구할 수도 없는 돈이 들어 있었다. 하지현 씨와 양경희 씨는 서로의 사정을 들려주다가 단짝이 됐다. 돈 때문이 아니라, 말 때문에 둘은 한 집에 살게 된 셈이었다. 하지현 씨는 현재 일곱 살 연하의 요섹남과 교제 중이며, 양경희 씨는 자신을 무성애자로 정체화했다. 열과 성을 다해 두 사람을 응원하면서도 종종 요섹남은 또 뭐냐, 섹스는 하고 살아야지 사람이, 시큰둥한 반응을 보이는 청소부와 굴뚝은 부부 사이였다. 가내수공업 동업자이기도 한 안경미 씨와 배성우 씨는 미싱을 돌리며 얼이네, 성제다, 말을 주고받았다. TV에서는 편의점 아르바이트 중에 변을 당한 신유리 씨를 두고 패널들이 갑론을박을 벌이는 프로그램이 재방송되고 있었다. 변호사와 국회의원과 방송인이 편을 이뤄 신유리 씨의 무모함을 비판했고, 대중문화평론가와 인권활동가와 가수가 편을 이뤄 반대쪽 사람들의 무지를 일깨우려고 애썼다. 저, 변호산지 뭔지 하는 사람은 꼭 티베트여우같이 생겼다, 안경미 씨가 말했다. 저 사람 요즘 많이 나오네, 완전 무식하던데. 창피한 줄 모르고 저러는 거면 인정, 창피한 줄 알면서도 저러는 거면 뒈져야지. 배성우 씨가 대꾸했다. 한 시민에게 토론 마이크가 넘어갔다. 저는 시인이 꿈이고요, 동인천의 한 편의점에서 야간 아르바이트를 하는 최은영입니다, 최은영 씨가 말하자 스튜디오 분위기가 어쩐지 숙연해졌다. 물론 그녀 혼자만의 생각이었다. 한 패널은 부지불식간에 시인과 편의점이라니 가난 대통합인가, 생각했다. 최은영 씨는 낮에는 학교에 다니고 밤엔 돈도 벌고 시도 쓰려고 편의점 아르바이트를 했다. 요즘엔 불안해서 시를 못 써요. 제가 거기에 있었고, 저도 그분처럼 그런 상황이 되면, 저라도, 저 역시도 당장 그런 일을 당해도 속수무책으로, 속수무책인 건 마찬가지잖아요. 선생님들 혹시 요즘 대학 등록금이 얼만지 아세요? 최근에 편의점 가보신 적 있으세요? 지금 패널분들이 다 남성인데, 혹시 혼자 밤길 다닐 때 무서우세요? 이번에 크게, 그런, 잘못된, 나쁜 일을 당한 분이 제 또래 여성이거든요. 혹시 선생님들의 젠더 의식에 문제가 있다고 생각은 안 해보셨나요? 그녀가 눌변으로 말을 잇는 모습을 보며 전 변호사와 홍 국회의원과 박 방송인은 깨시민 납셨네 하는 표정을 지었다. 저분이 고생이 많다.

안경미 씨가 배성우 씨를 쳐다보며 혀를 끌끌 찰 때, 최성제 씨는 박민준 씨에게 답장을 받았다. 이 사람은 크고 느린 사람이네. 곧 그 역시 최성제 씨의 답장을 받았다. 이 사람은 작고 빠른 사람이구나. 박민준 씨는 다시 시계 부품을 조립했다. 번역을 하며 먹고사는 그가 종종 잡념을 없애려고 하는 일이었다. 그의 외할머니 송춘숙 씨가 그 방법을 처음으로 알려줬다. 그녀는 시계 부품 조립 공장, 냉장고 부품 조립 공장, 섬유 공장, 프라이팬 제조 공장 등에서 '여공' 생활을 오래 한 끝에《부품》이라는 책을 펴냈다. 인공지능이 인간을 노예로 부리는 시대가 배경인 소설로, 오랫동안 코드 번호로 불리던 늙은 여성 여덟 명이 공장을 탈출하기까지의 여정을 다뤘다. 근미래를 담은 소설이었음에도 송춘숙 씨는 그 작품을 과거에 관한 소설이라고 일컬었다. 그도 그럴 것이 주인공 이름이 모두 그녀의 측근들과 같았다. 평생 '부품' 이외에는 가져본 적 없는 그녀는 박민준 씨가 군대를 막 제대하고 그의 부모 박용남, 이난희 씨에게 커밍아웃한 직후 '분해와 조립을 위한 시계'를 선물했다. 송춘숙 씨는 박민준 씨를 자신의 작업실로 불러서 앉혀두고 말했다. 나는 네가 시간 앞에서 부끄러운 사람이 되지 않길 바란다. 너를 부정하는 사람들이 너의 시간을 빼앗아 가게

두지 않았음 좋겠어. 시간을 되돌릴 순 없지만, 시간을 되돌려보고 싶을 땐 시계를 열고 닫아보는 것도 좋더구나. 박민준 씨는 외할머니가 아니었더라면 지금의 자신은 없었을 거라고, 새삼 그녀에게 깊은 고마움을 느꼈다. 최성제 씨도 이용이 씨 덕에 느끼는 바가 있었다. 세상은 좁고 죄짓고는 살지 말지어다! 토요일 저녁에 시간 괜찮고, 다른 데 가지 말고 해물운동회에서 보자. 참깨에게서 메시지가 도착했다. 최성제 씨는 참깨의 메시지를 보며 죄와 벌과 고소미를 연이어 떠올렸다. 깨는 싫은데 깨 볶는 냄새가 좋아서 참깨라던 최금숙 씨에게도 한때 정이 통해 살던 이가 있었다. 남철규 씨였다. 상처하고 북부시장에서 기름집을 하던 남철규 씨는 맹금자 씨 덕분에 최금숙 씨를 알게 됐다. 맹금자 씨는 사람 좋고, 사람 좋아하기로 소문이 자자한 사람이었다. 이런 인물 하면 흔히들 오지랖 넓고 할 말 안 할 말 구분 못 하는 이를 연상하지만 그녀는 들어줄 땐 들어주고 말해줄 땐 말해주는, 귀가 깊고 입이 무거운 사람이었다. 맹금자 씨는 앞을 보지 못했다. 그녀가 여섯 살이 된 해에 외조부가 지어 먹인 약이 문제였다는 사람도 있었고, 그녀의 부모가 모두 시각장애인이라고 아는 사람도 있었으며, 다 커서 추락 사고를 겪는 바람에 그리되었다는 사람도 있었으나, 진실은 그녀가 앞을 내다보는 사람이었다는 것이다. 어느 날 맹금자 씨는 일미기름에서 바로 짠 들기름 한 병을 사서 나오며 말했다. 우리 옆집에 오라버니 짝 될 사람이 있는데 만나볼래요. 남철규 씨와 최금숙 씨는 남춘천숯불닭갈비에서 만나 호감을 나누고 연이은 주말에 반포통닭에서 희선과 희란과 민태 이야기를 주고받았다. 두 사람은 그해 겨울에 북한산토종닭백숙에서 친구들에게 축하를 받은 후에 살림을 합쳤다. 최금숙 씨는 그때를 내 인생의 하이라이트라고 두고두고 말했다. 살 만큼 살아보진 못했으나 후회는 없어서 미련 없이 남철규 씨를 저세상으로 떠나보냈다고 했다. 남철규 씨의 병명은 염증성호흡곤란증후군이었다. 호흡기에 원뿔 모양의 붉은 돌기가 돋아 점차 숨을 쉬지 못하게 되는 병이었다. 병원에서는 그가 유독가스를 너무 많이 들이마신 게 원인인 것 같다고 했다. 일미기름을 침탈하려는 용역들에게 맞서기 위해 가게 집기에 불을 지른 게 바로 자신이었다. 남철규 씨는 병을 얻은 지 8개월 만에 투쟁의 실마리도, 끄트머리도 보지 못하고 눈을 감았다. 동반자를 잃은 최금숙 씨를 희선과 희란이 돌아가며 돌보는 사이 아버지를 잃은 민태는 최금숙 씨를 엄마라고 불렀고, 건물주는 보상금을 제시했다. 최금숙 씨는 보상금을 받아버렸다. 살아남아야 해서, 살아야 해서. 최금숙 씨는 수년 뒤에 참깨가 되었다. 희선과 희란과 민태는 노동자 참깨를 응원하려고 순번을 정해 집안일을 나눠서 하고 때때로 참깨를 위한 도시락을 챙겼다. 희선과 희란만큼 민태도 적극적이었다. 그즈음 민태는 희선의 책장에 꽂힌《일상과 투쟁의 날들》《친밀한 그러나 치명적인》같은 여성주의 책들을 읽으면서 삶을 돌아보는 데 열중했다. 남민태 씨가 학창 시절에 자신이 왜 우울한 기분에 휩싸여 지냈는지 깨달은 것도, 자신을 '미스 남'이라 부르며 지독하게 괴롭힌 한정모를 마음의 바닥에서 끌어 올려 똑바로 마주한 것도 그때였다. 한정모가 오토바이 사고로 세상을 떠났다는 소식을 전해 듣고 웃음을 먼저 터뜨린 자신을 남민태 씨는 오랫동안 용서하지 못하고 있었다. 그는 누구에게도 쉬이 할 수 없는 그 시절 얘기를 친구 정란희 씨에게 털어놓았다. 그녀가 들려준 이야기 때문이었다. 정란희 씨는 증언했다. 정란희 씨는 울지 않았다. 정란희 씨는 친오빠가 자신에게 저지른 일을 고발했다. 정란희 씨는 친족 성폭력 가해자를 뒤늦게 처벌하기가 얼마나 힘든지 지난 몇 년간 뼈저리게 느꼈다. 그녀는 그 일로 가족을 버렸다. 두 사람은 그날 긴 긴 대화 끝에 밝은 미래를 하나씩 주고받았는데, 정란희 씨가 남민태 씨에게 전해준 건 '쓰나미'였고, 남민태 씨가 정란희 씨에게 전해준 건 '가위손'이었다. 괴로움을 쓸어버리고 잘라버리는 이야기를 전해 듣고 가장 먼저 웃음과 울음을 터뜨린 사람은 정란희 씨의 '집회 친구' 김이창선 씨였다. 정란희 씨와 김이창선 씨는 광우병 촛불집회에서 처음 만났다. 정란희 씨는 '고지혈증 없는 세상 약수지부' 깃발을 들고 나섰고, 김이창선 씨는 '유기농 배즙 사랑 동호회' 깃발을 들고 나선 집회였다. 둘은 깃발을 서로 보고 한눈에 호감을 느껴 말을 트고 청와대 앞까지 행진했다. 이후에도 두 사람은 자주 어울리며 집회에 갔다. '대방어추진위' '육류소비촉진위' 같은 단체의 깃발을 들고서였다. 김이창선 씨는 박근혜 탄핵을 위한 촛불집회를 끝으로 정란희 씨와의 연락을 뚝 끊었다. 얼굴 한쪽에 이유를 알 수 없는 경련이 지속해서 나타나서였다. 병원과 한의원을 오가며 그는 불안장애를 앓았다. 인간관계가 지긋지긋해졌고, 친구들이 전해오는 응원의 말도 고깝게 들리는 다크한 상태가 되었다. 하지만 어두침침한 기운에도 김이창선 씨는 밝은세상아파트 경비로 취직했다. 하루를 굶으면 이틀을 굶게 되고 이틀을 굶으면 한 달을 굶게 되는 세상이었다. 일을 시작하고 여러 차례 퇴직의 고비를 맞았지만, 놀랍게도 아파트 주민 몰래 길고양이를 돌보면서 행복을 되찾았다. 고양이를 볼 때면 까닭 없는 불안과 경련이 일순 사라졌다. 고양이가 흔들리지 않는 세상을 만드는구나. '주인님들'이 인도하는 밝은 빛을 찾아 오늘도 김이창선 씨는 고양이를 돌보느라 여념이 없었으나 그가 모르는 사실이 하나 있었다. 김이창선 씨가 일을 시작하기 다섯 달 전쯤에 이 아파트에서 '길고양이 대학살 사건'이 벌어졌다. 아파트 주민들이 경비원을 시켜 세대 지하창고에 덫을 놓은 후 고양이 스무 마리를 가두고 굶겨 죽였다. 그 사건을 겪고 서둘러 일을 그만둔 이가 김성민 씨였다. 물론 그 이유 때문만은 아니었다. 밝은세상아파트 202동에 사는 새나라용역 관리직 최민우가 강제철거 반대 투쟁에 참여했던 김성민 씨를 알아보았다. 그는 김성민 씨가 '빨갱이'라며 떠벌리고 다녔다. 오늘날 빨갱이가 뭐 대순가 싶지만, 평소에 자신을 애국주의자라고 칭하는 아파트 경비반장 이충한에게는 달랐다. 이충한은 빨갱이 출신 김성민 씨를 집요하게 괴롭혔다. 김성민 씨가 지하창고에 덫을 놓게 한 이 역시 이충한이었다. 업무 인계를 끝내고 김이창선 씨와 처음이자 마지막으로 함께한 술자리에서 김성민 씨는 말했다. 남들이 사람 취급을 안 해준다고 해서 내가 사람인 것까지 포기하면 안 돼요. 인생을 논하기엔 어쩐지 돼지갈비는 많고 소주는 부족했다. 그날 밤, 김성민 씨는 202동 1706호 현관문 앞에 덫을 던져두고 왔다. 천천히 먹어, 누가 안 뺏어 가. 206동 화단 귀퉁이에서 길고양이에게 몰래 간식을 주는 김이창선 씨에게 돌을 던진 사람은 류병국이었다. 그는 '나라를 바로 세우는 대한기독인연합' 소속으로 MB 정부 당시 정부 기조에 비판적인 특정인의 이미지를 실추시키려고 다채로운 물밑 작업을 주도했다. 그로 인해 옥에도 다녀왔으나 그에 아랑곳없이 어디서나 매서운 눈을 부라리며 자신의 과업을 떠벌렸다. 무서울 것 없는 이가 애먼 집사에게 돌을 던지고 작고 통통한 길고양이에게 화풀이한 건, 아들 류시환 씨와 아들의 여자친구 남희란 씨와의 점심 식사 자리가 여간 불편한 게 아니어서였다. 남희란 씨는 류병국에게 또박또박 자신들의 인생 계획을 들려주었고, 최우선 과제로 '딩크족'을 선언했다. 류병국은 딩크족이라는 말을 살아생전 들어본 적이 없어서 아들과 아들의 아내 될 이가 몰래카메라를 찍고 있나 의심했다. 식사 내내 짧은 대화와 긴 정적이 이어졌고 화난 아버지에게 류시환 씨가 쐐기를 박듯 말했다. 아버지가 늘 그러셨잖아요. 무자식이 상팔자라고. 류병국은 식사를 어떻게 끝마쳤는지도 모르게 식당을 나와 홀로 집으로 돌아오면서 이 자식이 어미 없이 자라서 이런다고, 일찍이 집을 떠나 호주에 가 사는 딸 류해경 씨를 욕했다. 그에게 아내와 어미의 빈자리는 딸이 채워야 했다. 그는 18층으로 올라가는 엘리베이터에서 연락을 끊은 딸과 연락이 끊긴 아내 조희숙 씨의 소식을 문득 궁금해했다. 아들에게 다시 연락해야 할까 말아야 할까 망설였다. 반면, 류시환 씨는 남희란 씨와 그녀의 차를 타고 희희낙락 바닷가 마을로 향하는 중이었다. 어머니 조희숙 씨가 친구 둘과 함께 사는 곳이었다. 류시환 씨가 남희란 씨에게 먼저 말을 걸었다. 통쾌해. 통쾌해? 통쾌해. 한 방 먹인 기분이야. 그 인간은 당해도 싸. 싸지, 싸. 내가 그 집이랑 연 끊고 얼마 안 되었을 때였어. 아버지가 사람을 보냈더라고. 아버지 밑에서 일하는 사람이었는데 그 사람이 나한테 들고 온 메시지가 뭐였는지 알아? 귀가 요망? 망치였어. 망치? 망치. 내가 집 나올 때 망치로 아버지 머릴 깨려고 했거든. 엄마랑 누나가 먼저 나가고 나니까 나도 여길 벗어나야겠다는 의지가 생기더라고. 근데 그냥은 나갈 수가 없는 거야. 화가 나서. 아버지가 엄마 머리를 처음으로 깰 때 도마를 사용했거든. 두부가 올려진 도마로 엄마 머릴 내리쳤어. 그때 내가 열 살이었나 그랬는데 으깨진 두부에 피가 뚝뚝 떨어지는 모습이 계속 떠오르더라고. 깼어? 못 깼어. 아버지랑 똑같은 사람이 되면 안 되니까. 아버지가 보낸 망치를 들고 다니면서 이를 악물고 살았어. 건설 현장에 수해가 나면 흙 포대도 쌓고, 터널에 들어가 전기설비 설치도 돕고, 도로 공사 현장에선 땅을 닦았어. 남희란 씨가 류시환 씨의 머리를 쓰다듬으며 그 인간을 다신 보지 말자고 말하는 순간, 신운선 씨와 조선미 씨가 등을 맞대고 누워 깊은 잠에 빠져드는 순간, 김성민 씨가 신태현 씨에게 전화했다. 편의점에서 일하며 오랫동안 염원하던 다큐멘터리 작업을 시작한 김성민 씨는 어제 받은 월급으로 그에게 저녁 식사를 대접하고 싶었다. 수년 만에 큰맘을 먹고 시작한 연애니 어떻게든 잘 꾸려나가보려는 마음에서였다. 신태현 씨는 계속 통화 중이었다. 김성민 씨는 한 번도 본 적 없는 박민준 씨의 얼굴을 상상해보았다. 함성준 씨도 김성민 씨를 생각 중이었다. 사정이 어려워져서 더는 같이할 수 없다고, 그는 어제도 김성민 씨에게 말하지 못했다. 아내 고은미 씨는 왜 갑이 을질을 해, 갑은 갑질을 해야지, 남편을 나무랐다. 지금이라도 늦지 않았으니 말하자. 함성준 씨는 아내의 갑질을 감당할 자신이 없어 김성민 씨에게 전화했다. 땜빵 근무를 해달라는 거겠지. 김성민 씨는 그의 연락을 애써 무시하고 '태현과 민준'의 관계를 해석하려고 노력했다. 솔직히 민준에게 연애의 마음은 남아 있지 않고 연애했던 마음은 남아 있다고, 신태현 씨는 김성민 씨에게 말했다. 그건 우리가 사귀는 내내 변하지 않을 사실이라고, 친절하게 덧붙이기까지 했다. 김성민 씨는 나도 나이가 있고 그런 감정을 전혀 모르는 바는 아니라고 대답했지만, 신태현 씨의 솔직함이 솔직히 맘에 들진 않았다. 연애했던 마음과 연애의 마음이 다를 게 뭔가 싶었다. 그런데도 그는 신태현 씨에게 자기 기분을 솔직하게 표현하지 않았다. 신태현 씨가 키스를 잘해서였다. 마음을 다스리는 키스라고 할까. 아니 혀를 다스리는 키스였다. 김성민 씨는 일단 외투를 챙겨 입고 집 밖으로 나오며 오늘 저녁에 최대한으로 쓸 수 있는 데이트 비용을 계산해보았다. 대략 12만 원이었다. 택시를 잡아탔다. 이용이는 김성민 씨가 말하는 행선지를 듣는 둥 마는 둥 하며 최성제 씨 때문에 불현듯 떠오른 이름을 여러 번 되뇌고 있었다. 참깨, 참깨, 열려라 참깨, 아무리 중얼거려보아도 도무지 참깨의 본명이 생각나지 않았다. 얼이에게 물어볼걸. 이용이는 속이 더부룩해서 계속 트림을 해댔다. 불현듯 오늘 맛본 게 인생의 참맛일지도 모르겠다고 생각했다. 김성민 씨는 이용이를 힐끔힐끔 쳐다보다가 물었다. 기사님 혹시 술 드셨어요? 드셨으면 차 세워주세요. 이용이는 아무 말 없이 택시를 멈춰 세웠다. 김성민 씨가 내린 곳은 낙후한 도시의 풍경이 한눈에 들어오는 고개 위였다. 오늘따라 유난히 일몰이 아름다워서 고개를 숙이고 천천히 고개를 걸어 내려가며 어머니 허정윤 씨를 이해하려 했다. 그는 그녀에 대한 다큐멘터리를 만들 생각이었다. 해가 다 지고 별이 낮게 뜨고 달이 나타났다. 허정윤 씨는 거실 소파에 앉아 마당으로 들어오는 자동차 한 대를 물끄러미 보다가 하던 일을 계속했다. 그녀는 삶을 되돌아보고 있었다. 어제저녁 조희숙 씨가 말했다. 되돌아보는 것만으로도 인생은 크게 달라질 수 있다고. 건실한 남편과 말썽 한번 피우지 않는 자식들. 시부모님 둘은 일찍이 돌아가셨고, 친정 어머니와 아버지는 별안간 자취를 감췄다. 그녀는 부모가 자발적으로 실종되었다고 확신했다. 그들이 남기고 간 편지 때문이었다. 딸아, 훌륭한 삶, 위대한 삶을 살려고 하지 말고 행복한 삶을 살아라. 그녀는 편지를 읽고 또 읽은 끝에 가방을 꾸렸고 집을 나섰고 남편과 자식들로부터 벗어났다. 동성 파트너를 먼저 떠나보내고 보리암을 꾸린 송석찬 씨에게 연락했다. 동대문에서 오랫동안 의류 도매업에 종사한 그녀는 이제 일하지 않고도 먹고살 수 있는 요건을 갖추었으나, 먼저 떠나간 연인에게

정이 남아 마음에 바람이 잦았다. 한적한 바닷가 마을에 집을 짓고, 보리암이라 이름 붙이고, 텃밭에 배추와 무를 심고, 밤마다 절하며 살아 있음을 견뎠다. 홀로된 지 정확히 3년째가 된 해에, 여고 동창인 조희숙, 허정윤 씨와 보리암에서 함께 여생을 보내기로 했다. 적당히 해. 넋 나간다. 조희숙 씨가 소파에 앉아 있는 허정윤 씨의 이마를 손가락으로 톡 건드리곤 현관문을 열고 마당으로 나갔다. 애들 왔나보네. 부엌에서 나온 송석찬 씨가 허정윤 씨 옆에 앉아 팔짱을 끼며 말을 이었다. 적당히 해. 인생 뭐 있니. 놀다 가는 거지. 인생 뭐 있나. 홀로 남은 숙자 씨는 라디오 볼륨을 낮추고, 밥상을 방 한쪽으로 치우고, 오늘은 사연을 만들기로 했다. 홀아비 득권 씨를 향한 자신의 심사를 졸졸 따라가보았다. 숙자 씨의 마음은 이미 오래전부터 혼자가 아니었다. 그녀와 동향인 득권 씨가 건넛집으로 이사 온 게 반년 전이었고, 그녀가 득권 씨의 집에 드나들기 시작한 것이 2개월 전이었다. 그녀는 오이냉국이나 오징어미나리초무침을 들고 갔다가 득권 씨가 타주는 커피를 얻어 마시며 그가 라디오 방송을 애청한다는 사실을 알게 되었다. 아들 신태현 씨에게 부탁해 새 라디오를 장만했다. 그 옛날 자신 역시 라디오에 살고 라디오에 죽지 않았던가. 숙자 씨는 득권 씨가 사연을 들을 줄만 알지, 쓸 줄은 모른다는 것을 알고 득권 씨와 만날 때마다 온몸으로 사연의 맛을 알려주었다. 노력의 결실로 오늘 낮에는 낙지김치수제비를 앞에 두고 그녀의 사연을 듣던 득권 씨도 밥상에 숟가락을 내려놓고 깊고도 넓은 생각에 빠졌다. 살다 보니 득권 씨에게도 그런 순간이 찾아왔다. 득권 씨는 고심 끝에 숙자 씨에게 사연을 들려주었다. 일이 엄마가 폐섬유증으로 일이 두 살 때 떠나고 일이를 홀로 키웠다. 일이는 열여덟에 갔다. 수학여행에서 돌아오는 길이었고 빗길에 버스가 미끄러지면서 4중 연쇄 추돌이 일어났다. 버스에 탄 아이들 중 일곱 명이 사망했다. 운 없는 아이들 가운데 하나가 일이였다. 득권 씨는 사연을 들을 줄 아는 숙자 씨의 귀를 보았다. 복이 나가다가도 들어올 귀네. 그는 그녀를 보며 사실, 하고 말을 이으려다 멈췄다. 사연이란 역시 사실이구나 사실, 속으로 사실을 여러 번 되뇌다가 숙자 씨와 자신이 사실상 연애 중이라는 사실을 알게 되었다. 사연 참. 숙자 씨가 손수건으로 눈가를 콕콕 찍으며 말했다. 득권 씨는 그녀의 앞접시에 겉절이를 죽 찢어 올렸다. 남녀노소 뜨거운 계절이다, 뜨거운 계절이야. 땀 흘리며 칼국수를 먹던 메가짐 헬스트레이너 권윤엽 씨가 맞은편 테이블에 혼자 앉은 최보드레 씨에게 수

작 아닌 수작을 걸었다. 그렇다면, 남희선 씨는 가정폭력 피해생존자 인터뷰집《그 일은 전혀 사소하지 않다》를 출간했다. 남민태 씨와 헤어진 정란희 씨는 비혼여성공동체 '밥상머리에서 재수 없게'의 일원이 되었다. 박용남, 이난희 씨 부부는 아들이 잊을 만하면 아들의 맞선 자리를 잡아 왔고, 양상기 씨는 아들 남자친구를 털보 며느리로 받아들였다. 홍은택, 홍기정 부자는 개밥을 주고 도토리를 줍다가 앞서거니 뒤서거니 갔다. 류병국은 한일요양병원의 악명 높은 환자가 되어 마지막까지 승승장구했고, 류해경 씨는 호주에서 태권도장을 열었다. 이병춘 씨는 바람대로 영업 3팀이 과장이 되어 명함을 뿌리고 다녔다. 함성준 씨와 고은미 씨 부부는 양양으로 내려가 제주 돔베 막국수집을 열어 친구들의 어안을 벙벙하게 했다. 봉선훈은 구의원이 되었고, 이충한은 태극기부대에 합류했으며, 최민우는 오토바이 사고로 세상을 떴다. 그의 부모는 그를 착한 아들로, 그의 아내는 그를 씩씩한 남편으로, 그의 친구들은 그를 의리 있는 친구로 기억했다. 류시환 씨와 남희란 씨 사이에는 딸 아이가 하나 있었다. 딸의 이름은 딸이 스스로 정할 수 있도록 미정으로 지었다, 같은 사연은 무슨 맛일까. 최보드레 아니 우르술라 씨는 생체 내장 스피커로 사연들을 듣다 잠시 멈추고 근육질에 체격이 단단한 권윤엽 씨를 보았다. 이런 사연은 또 처음이네, 생각하며 권윤엽 씨에게 부러 환한 웃음을 지어 보였다. 상대방의 반응을 예상치 못했는지 권윤엽 씨의 볼이 갑작스레 발개졌다. 우르술라 씨는 요 며칠 이 행성에서 채집해 가야 할 사연이 도대체 얼마나 더 남았는지, 끝이 보이지 않는 임무 때문에 비통한 심정이었다. 더군다나 지독한 향수병까지 생겨서 오늘만 해도 벌써 한국 남자 다섯 명에게 씨를 뿌렸다. 그는 볼 빨간 권윤엽 씨가 숙주로서 가치가 있는지 살펴보려고 갈색 눈동자를 푸른색으로 바꾸었다. 뜻밖이었다. 쟤가 고자라니. 우르술라 씨는 창밖으로 눈을 돌렸고, 라디오에선 심신의 〈그대 슬픔까지 사랑해〉가 흘러나오고 있었다. 강숙자 씨의 신청곡이었다.

고스트 듀엣

GHOST
DUET

제주행 비행기에 오르며 상민은 신문을 챙겼다. 처음이었다. 형우라면 한 시간밖에 안 걸리는데 웬 신문, 말을 얹었을 텐데. 그러면 나는 좌석에 앉자마자 장난스레 신문을 넓게 펼쳐 들었겠지. 상민은 생각했다.

형우가 떠나고, 상민은 습관처럼 형우라면, 되뇌었다. 형우라면 이런 영화를 보지 않았을 텐데, 형우라면 이런 음식을 먹지 않았을 텐데, 형우라면 이런 사람을 만나지 않았을 텐데 하는 식이었다. 언제, 어디서, 무슨 일을 하건 그랬다. 그런 가정으로 상민은 형우의 죽음을 기억하며 살고자 애썼다.

상민은 기내 앞 좌석 주머니에 신문을 꽂고 창밖으로 시선을 돌렸다. 오전 내내 구름이 끼고 잔뜩 흐렸던 날씨가 오후 들어 점차 개었다. 일기예보가 맞을 때도 다 있네. 상민은 그날 형우와 나눈 대화를 떠올렸다. 다음 날 일찍 제주행을 앞둔 저녁이었다. 둘은 일찌감치 짐을 꾸리고 TV를 보며 함께 시간을 보냈다.

"최숭미, 기상 캐스터 이름이 특이하네."

"드디어 노안이세요? 숭미가 아니라 승미잖아."

"어? 아! 그러네."

상민이 눈두덩을 가벼이 문지르며 대꾸했다.

"그러길래 내가 루테인 좀 챙겨 먹으라고 했지. 천년만년 청춘인 줄 아나 봐. 석찬이 누나 무릎 나간 거 까먹었어? 40부터는 간당간당이 아니고 간다간다 하다가 훅 가는 거래."

"가긴 어딜 가. 이름 하나 잘못 본 걸 가지고. 그리고 너, 그렇게 약 좋아하면 죽어서 안 썩는다."

"무슨 상관이야. 죽으면 끝이지."

"또 그런다."

"알았어, 알았어. 죽으면 시작이지."

"입만 살아서."

그 밤. 눕자마자 잠이 든 형우와 달리 상민은 좀처럼 잠을 청하지 못하고 뒤척였다. 두 사람이 함께하는 여행이 얼마 만인지를 가늠하며 시작된 생각이 잔기침 때문에 병원을 찾았다가 의사에게 들은 말로까지 뻗쳐 가서였다.

폐 기능에 심각한 손상이 올 수도 있습니다.

무서운 말을 어쩜 저렇게 아무렇지도 않은 얼굴로, 하며 놀란 상민과 달리 의사는 최악의 상황이 되면, 덤덤히 말을 보탰다. 그래도 그렇지…….

상민은 특별히 친절하지도 불친절하지도 않은 의사의 구부정한 앉음새를 생각하다가 돌연 주미를 떠올렸다.

주미는 상민에게 여자를 좋아한다고 처음으로 말한 사람이었고, 상민이 남자를 좋아한다고 처음으로 말한 사람이었다. 두 사람이 열여덟 살 된 해였다. 그 후로 그들은 둘도 없는 친구로 지내며 인생에 서로 관여했다. 어느 정도였냐면 명찰을 바꿔 달고 때때로 그 사람인 척 연기했다.

그 시절의 주미가 독서실 책상에 써 붙여놓고 한 번도 떼지 않은 문장이 있었다.

인생은 언제나 무너지기 일보 직전.

상민은, 그래서 오늘도 무너졌군, 하며 잠든 주미를, 우는 주미를, 넘어진 주미를 자주 놀렸더랬다. 주미가 푹 자고 웃으며 일어나길 바랐다.

왜 하필 그런 문장이었을까. 다른 것도 아니고 어째서 무너지고 무너졌다는 말을 우리는 붙들고 있었을까. 주미는 왜 그렇게 빨리 인생은 이룩되는 것이 아니라 무너지는 것이라고 깨쳤을까. 상민은 곁에 없는 주미가 그리웠다. 가까이 있는데도 잘 보이지 않네, 속삭이며 곤히 잠든 형우의 이마를 검지로 부드럽게 문질렀다. 짐을 싸는지, 던져놓는지 모르게 부산스럽기만 했던, 입만 산 게 아니라며 혀를 내밀었다 넣었다 까불던 아이 같은 형우의 모습이 아른거렸다. 사소한 일도 크게 부풀려 생각하는 형우인데…….

주미라면 어땠을까. 입고 싶으면 당장 입고, 먹고 싶으면 당장 먹고, 자고 싶으면 당장 자고, 사랑하고 싶으면 당장 고백하라고, 나중은 없다, 지금 당장! 기쁨과 행복을 내일로 미루지 말라고 말하던 주미라면, 별일 아니라고 했을 텐데, 인생이 다 그런 식이라고 했을 텐데. 그렇게 말하는 주미의 얼굴을 그려보자니 별일이다 싶었다. 인생이 다 그런 건 아니어야 할 텐데 생각했다. 가슴이 아려서 상민은 기둥 주에 아름다울 미를 자신의 이름으로 삼기도 했던 아름다운 시절을 곱씹었다. 시큼한 땀 냄새가 배어 있던 어두컴컴한 독서실과 둘리분식에서 떡볶이를 나눠 먹으며 봤던 〈달빛 요정 세일러문〉과, 정석과 노스트라다무스 학습지, 깨비책방 바코드 스티커가 붙어 있던 박희정의《호텔 아프리카》를. 그러나 아무리 기억하려 해도 상민의 머릿속에서 그 시절 속 둘의 모습은 유리창에 김이 서리듯 흐릿해지기만 했다. 주미라는 삶에는 마침표가 찍혔고, 내 삶의 문장은 계속 쓰이고 있기 때문이리라. 상민은 자신이 살아 있는 한 좁혀질 수 없는 두 사람의 거리가 슬펐다. 석찬이 보고 싶었다. 석찬은 상민이 대학에서 만나 유일하게 관계를 이어 온 친구로 주미의 연인이었다……. 석찬을 한순간 철들게 한 것이 한 사람의 죽음이 아니라 한 사람과의 삶이었다면 어땠을까.

폐 기능에 심각한 손상이 올 수도 있다는 의사의 진단을 들은 날, 상민은 석찬을 만났다. 人生의 하이라이트에서 낮부터 술을 마셨다. 둘은 500시시 호프 한 잔을 느리게 비우며 근황을 주고받았고, 상민은 시답잖은 얘기를 꺼냈다 거두길 반복하며 뜸을 들이다 자신의 병약한 사정과 멜랑콜리한 속내를 석찬에게 털어놨다. 응원이나 위로를 바란 건 아니었는데, 역시나 석찬은 응원이나 위로 대신 이 바닥에서 보기 드물지 않은 청순가련형이네, 하고 상민을 흔들었다.

"게이들은 꼭 이러더라. 어디 좀 아프다 하면 혼자서 꼭 〈마지막 잎새〉를 찍어요. 올 수도 있다는 거지, 왔다는 게 아니잖아."

"당장은 아니라는 거지."

상민이 섭섭하기보다는 시원한 심정으로 항변했다. 석찬은 맥주가 조금씩 남은 잔들을 옆으로 미뤄두며 500 두 잔을 새로이 시켰다. 새 술이 오기 전에 얘길 끝내자며 말을 이었다.

"당장이 아니면 지금도 아니라는 거야. 혼자 끙끙거리지 말고 형우한테 말해. 어린애 아냐, 걔도 이제."

"아니지, 어린애가……."

두 사람은 누가 먼저랄 것도 없이 옆으로 밀어둔 잔에 담긴 술을 들이켰다. 가게에 울려 퍼지는 음악 소리에 맞춰 석찬이 콧노래를 흥얼거렸다. 어린 형우가 어린 상민을 만나던 풋풋한 시절도 있었지. 상민은 석찬의 허밍에 회상을 얹었다.

형우는 그 시절을 '버티고개 엘레지'라고 일렀다. 당시 상민의 집이 버티고개에 있어서였다. 그러나 엘레지라니. 상민은 형우의 낭만적인 회고와는 다르게 그때를 '버티던 고개 시절'로 기억했다. 가난했고 열정적이었고 꿈이 있어서 짧은 성취감만으로도 여러 실패와 좌절을 감내했던 습윤한 시절이었다. 그때로 돌아갈 수 있다면 다시 갈래? 누군가 묻는다면 고개를 끄떡이며 아니라고 답할 만한.

그렇다 해도 산동네를 오르내리며 청춘을 다 보냈다는 형우의 장난스러운 하소연만큼은 아껴줄 만하다고 상민은 그때나 지금이나 변함없이 생각한다. 하소연은 삶에서 오니까. 상민은 살아 있음을 함께하는 생활로 확인받았다. 그것만으로도 흐리멍덩한 청춘에 잠시나마 불이 켜졌고, 아프니까 청춘이라는 말이 완벽히 틀린 소리도 아닌 것처럼 느껴졌다.

신나는 리듬에 슬픈 노랫말을 얹은 것 같던 그 시간의 흐름 속에 어린 석찬과 어린 주미도 물론 있었다.

넷은 동네가 한눈에 내려다보이는 상민의 집에 자주 모여 놀았다. 같이 영화 보고, 음악 듣고, 밥 먹고, 술 마시고, 춤추고, 노래하고, 잠들었다. 한 사람의 집을 한 사람만의 것으로 여기지 않고자 집 이름도 '사루비아네'로 지었다. 여린 마음으로 피워낸 사랑을 너에게 주겠다는 김광석의 노래에서 따온 거였다.

사루비아네를 위하여 네 사람은 공과금을 나눠 내고, 너 나 할 것 없이 냉장고에 식료품을 채우고, 창문에 뽁뽁이를 붙이고, 언 수도관을 같이 녹였다. 한 명씩 돌아가며 전염병을 앓았고, 간호했고, 가끔은 '버티고개에서 섹스 예정 늦은 귀가 권유' '누구 맘대로' 같은 메시지를 주고받았다, 라기보다는 주미가 주로 보냈고 셋이 자주 받아쳤다. 주미와 석찬이 사귀기 전이었다.

수년 동안 여린 마음 4인방은 사루비아네에서 서로를 아끼고 가꾸며 어울려 지냈고 그것을 기념이라도 하듯 마당 한쪽에 사루비아 씨앗을 심었다. 재개발 사업 때문에 쫓겨나듯 집을 비워주게 된 직후였다. 봄날이었고, 모두 적당히 취해 있었고, 재개발이고 뭐고 사루비아네를 진짜 사루비아네로 만들자며 종묘상을 찾아다닌 끝에 씨를 뿌리는 데 성공했다. 모두 어렸으므로, 훗날 이곳에 다시 와서 사루비아 꽃밭을 보며 술잔을 기울이자고 약속했다. 새끼손가락까지 걸면서. 영원할 줄 알았다.

"근데 석찬아, 넌 사람 다시 안 만나?"

"난 우리 강냉이가 있다."

석찬이 심드렁하게 답했다.

"똥오줌도 못 가리는 개가 좋냐?"

"좋아. 강냉이는 강냉이거든."

"그래 짐승이 짐승이지."

"인간도 인간이지. 인간은 인간의 값을 하고, 짐승은 짐승의 값을 하는데, 난 짐승이 더 값어치 있다고 생각해."

석찬이 잔을 절반 정도 채운 술을 단숨에 들이켰다. 그러곤 발동이 걸렸는지 차츰 더 빠르게 잔을 비웠고, 새 술을 주문했고, 건배를 제안했고, 술에 취했다. 끝내 매운 어묵탕 꼬치를 부여잡고 강수지의 〈그때는 알겠지〉를 따라 부르다가 하필이면 왜 폐라니, 숨 쉬는 데라니, 담배도 안 피우는 게, 주미야 상민이가, 하며 울음을 터뜨렸다. 그 울음은 상민 때문이기도 했고 주미 때문이기도 했고 물론 본인 때문이기도 했다.

상민은 콧물까지 주룩주룩 흘려가며 말 그대로 엉엉 우는 석찬을, '값을'을 '갑쓸'이 아니라 '갑슬'이라고 발음하는 그의 얼굴을 왜인지 남겨진 인간의 표상으로 삼고 싶었다. 마음을 다해 잊고자 하는 얼굴이 아니라 마음을 다해 기억하고자 하는 그 얼굴을. 인간이 인간 갑슬 하고, 죽음이 죽음의 갑슬 하고, 삶이 삶의 갑슬 한다면 꼬치용 나무 막대를 꼭 쥐고 울다 웃고 웃다 우는 석찬은 인간도, 죽음도, 삶도 아닌 석찬의 갑슬 하는 것이리라, 생각했다. 그것이 석찬을 값어치 있게 만든다고. 상민은 자꾸 고꾸라지는 석찬의 머리에 어깨를 받쳐주며 눈을 감고 기다렸다. 석찬이 깨기를 그리고 노래가 멈추기를.

형우가 잠든 두 사람을 흔들어 깨웠다. 상민의 연락을 받고 술집에 도착한 그는 합체한 듯 딱 붙어 있는 둘을 보며 어처구니가 없네, 귀엽네, 부럽네, 하다가 석찬부터 깨워 택시를 태워 보냈고("이 작가, 알러뷰, 알러뷰"), 상민과 함께 귀가하며 거기 없는 한 사람을 추억하며 말을 보탰다.

"형, 사루비아의 꽃말이 뭔지 알아?"

"버틴다?"

"불타는 마음이래. 내 마음은 불타고 있어요."

그렇지. 우리가 그 축축한 고개를 넘고 넘은 건 다 불타는 사루비아 때문이었지. 상민은 취기가 가셔서 으슬으슬한 몸을 형우에게 바짝 붙이면서 자신과 형우가 이미 사랑하는 사람을 떠나보낸 사람들이라는 사실을 마음 깊이 새겼다. 형우의 곁에 오랫동안 머물고 싶다기보다는 머물러 주고 싶었다.

비행기 좌석벨트 표시등이 꺼졌다.

상민은 이륙하는 동안 돌돌 말아 쥐고 있던 신문을 좌석 주머니에 다시 꽂았다. 그날의 사고 후유증으로 대중교통을 타고 빠르게 움직일 때면 무엇이든 붙들 게 필요했다. 어느 땐 손수건이었고, 어느 땐 볼펜 한 자루였으며, 마땅한 물건이 없으면 손깍지를 낀 채 힘을 꽉 주고 버텼다. 그래야만 마음도, 몸도 안정됐다. 상민에게 숨이란 붙들고 있는 것이었다.

상민은 좌석 선반을 내리고 에코백에서 홀로그램 플레이어를 꺼내 올렸다. 블루투스 이어폰을 귀에 꽂고 형우의 첫 소설집 《고스트 듀엣》을 재생했다. 이내 빛으로 이루어진 형우의 얼굴이 떠오르며 그의 목소리가 귓속으로 퍼졌다.

'고스트 듀엣'은 두 사람이 자주 가던 라이브 클럽의 이름이었다. 매월 넷째 주 금요일 밤마다 둘은 유령들의 공연을 보려고 그곳을 찾았다. 이름이 각각 '행복'과 '불행'인 두 유령의 무대는 매번 〈행복과 불행은 붙어 다니지요〉로 시작해 〈세 마리 유령 고양이 묘·유·해〉로 마무리됐는데 두 사람은 듣는 둥 마는 둥 해도 즐거운 노래들을 듣는 둥 마는 둥 하며 피가 되고 살이 되는 대화를 나눴다. 가령,

"형, 유령이라는 단어에 고개를 넘는다는 뜻이 있는 거 알아?"

"그래?"

"어. 넘을 유, 고개 령."

"죽음의 고개를 넘어서 유령이구나. 아니지, 삶의 고개를 넘은 건가."

"우리는 버티고개를 넘었지."

"힘들었지."

"힘들었나?"

"아닌가?"

"아닌 걸로."

"그럼, 그런 걸로."

"근데 형, 유령은 어떻게 셀까?"

"유령?"

"응. 유령을 세는 단위가 없잖아."

"글쎄, 그냥 명이라고 하면 되지 않을까. 죽은 사람의 넋이니까 한 명, 두 명. 사람이었으면 사람 세듯. 짐승이었으면 짐승 세듯. 고등어였으면 생선 세듯 한 마리, 두 마리. 먼나무의 유령은 한 그루, 두 그루."

"형, 우리도 나중에 고스트 듀엣 하자. 죽어서도 꼭 붙어 다니는 거야. 낭만적이지?"

"어딜 봐서? 뭘 봐서? 누굴 봐서?"

"정답! 천국, 사랑, 형."

"입만 살아서."

"형은 어떤 유령 할래?"

조금 전까지 혀를 내밀었다 넣었다 하던 형우의 얼굴이 사뭇 달라졌다.

"응?"

"아니, 행복의 유령과 불행의 유령 중에서 형은 어떤 유령을 맡겠냐고?"

"난, 행복 해야지."

"그래? 알겠어. 그럼 내가 불행, 할게."

"너도 그냥 행복 해."

"행복과 행복이 늘 붙어 다닌다고 하면 덜 문학적이잖아."

"그건 그렇지. 그래, 그럼 너는 불행 해. 그래서 사랑하니까 헤어지고, 헤어지고 나니까 사랑하고, 죽자고 사랑하면 죽고, 죽고자 사랑하면 죽는 불행 퀴어 로맨스나 한 편 써."

상민은 괜스레 농을 섞어 답했다.

"상민은 형우를 너무 사랑해서 이별을 고하고, 한순간도 형우를 잊지 못해 비 오는 밤 형우의 집 앞으로 찾아가서 소리치고, 형우가 뛰쳐나오고, 두 사람은 더 멀리 떠나고자 마음먹고, 떠나기로 한 날 형우가 불의의 사고로 죽고, 상민은 하염없이 형우를 기다린다. 어때? 제목은 신파에 전위가 있다."

내가 신파에 전희가 있다. 아재 개그를 날렸고, 못쓰겠네. 너는 눈을 흘기며 웃었고. 치어스! 우리는 부드러운 거품에 입술을 가져다 댔지.

상민은 홀로그램으로 재생되는 형우의 얼굴을 바라보며, 그때 우리 둘 다 행복하기로 했다면, 우리가 덜 문학적인 고스트 듀엣이 되기로 했다면, 우리가 만나지 않았더라면 우리의 삶은 달라졌을까? 물었다.

두 사람은 한 문화센터 소설 창작 수업에서 만났다. 수강생 대부분이 당연한 듯 우울과 절망이 난무하고 그걸 극복하기 위해 한 사람이 한 사람을 착취하는 소설을 쓰던 때였다. 대부분 뺏는 쪽이 남자였고, 뺏기는 쪽이 여자였다. 상민은 합평할 때마다 누가 한의 민족 아니랄까 봐, 입버릇처럼 말했고, 얼마나 자주 말했는지 학인들은 수업 때마다 오늘도 한민족? 상민에게 묻곤 했다.

그런 분위기 속에서 형우는 남달랐다. 한의 민족과는 거리가 멀었달까. 형우의 소설에는 항상 인간에 대한 믿음과 사랑이 담겨 있었다. 누가 누구를 다치게 하지 않으면서. 누가 누구를 섣불리 보듬지도 않으면서. 아니 어쩔 땐 섣부르게 보듬으면서 인간이 인간을 생각하며 인간에게 손 내미는 것을 보여줬다. 이 정도면 휴머니즘도 병이라는 말을 들어도 형우는 존재가 존재를 쉬이 저버리지 않는 이야기를 쓰려 애썼다.

형우의 등단작이기도 한 〈휘슬〉은 상민이 아끼는 작품
이었다.

프리미어리그 현역 선수로는 최초로 자신이 성소수자
임을 밝혀 화제의 중심에 선 임승남의 생애에서 모티프를
얻어 쓴 단편이었는데, 실제 임승남의 삶과는 다르게—커
밍아웃 이후에도 임승남은 베테랑 수비수로서 명성을 이어
갔고 서른 중반에 은퇴해, 애스턴 빌라에서 선수 생활을 한
동료 마틴 히츨슈페르와 교제했다—소설의 초고는 '수호'
의 끝도 없는 추락으로 이어져 있었다. 그동안 읽어온 형우
의 소설과는 여러모로 달랐다. 상민은 좀체 자기 형편을 드
러내지 않는 형우의 형편을 짐작하면서 합평 뒤풀이 자리
에서 조심스레 형우의 안부를 물었다. 형우는 아무 일도 없
다고 했지만 상민은 어려운 일이 있으면 언제든 얘기하라
고 말해주었다. 수호에게 조금 더 희망을 줘도 좋지 않겠냐
고 덧붙였다.

형우는 '쫓겨나는 코치를 바라보는 아이들은 이미 한
인간을 혐오하는 가장 효율적인 작전을 알고 있는 것 같았
다'로 끝나는 소설의 결말을 바꿔 썼다. 운동장을 빠져나온
수호가 편의점에 들러 도시락을 사 들고 집으로 걸어가는

것으로. 멀어지는 수호의 뒷모습이 아니라 나아가는 수호의 앞모습을 마주하는 것으로.

사람에게 특히나 글 쓰는 사람에게 곁을 잘 내주지 않는 상민이 형우에게 호감을 느낀 건 그때부터였다. 두 사람이 함께라면 다른 결말을 쓸 수 있음을 확인한 순간. 특별한 고백도 없이 상민과 형우는 짝이 되었다. 둘은 그저 수호의 집에서 누군가가 기다리고 있을 것 같다고 말하고, 형의 집에서도요, 라고 답했을 뿐이었다.

"누구예요?"

통로 하나를 사이에 두고 떨어져 앉은 아이가 홀로그램을 가리키며 상민에게 물었다. 상민은 이어폰을 빼며 어, 하고 되물었다.

"누구냐고요? 그 아저씬."

"쉿!"

아이 옆에서 눈을 붙이던 엄마가 상민에게 눈인사했다. 팽팽한 눈매와는 다르게 팔자 주름이 깊게 잡혀 피로해 보이는 인상이었다. 상민이 괜찮다고 말하자 아이는 괜찮대요, 속삭이며 자기 앞에 놓인 빛을 가리켰다.

"여긴 우리 오빠예요. 이름은 한결이고요, 지금은 천국에 있어요. 그 아저씬요?"

"이 아저씨도 천국에 있어. 근데 이 아저씬 아저씨라고 불리는 걸 싫어해. 삼촌이라고 불리는 걸 좋아하지. 이름은 형우야. 이형우."

상민이 웃으며 대답했다.

"색이 예뻐요. 우리 거보다 비싸죠? 우리 오빠는 한 가지 색인데. 오빠가 파란색을 좋아했거든요. 〈파랑새〉라는 시도 지었어요. 안 보고도 외울 수 있는데, 보여줘도 돼요?"

아이가 엄마에게 동의를 구하는 표정을 지어 보이자 여인은 상민을 한 번 쳐다보곤 고갤 끄덕이며 홀로그램 플레이어를 조작했다. 곧 한결의 얼굴 대신 문자로만 이루어진 홀로그램이 새로이 나타났다.

파랑새를 본 적 없어서
파랑새가 나오는 꿈을 꿨다
파랑새도 나를 못 봤으니까
내가 나오는 꿈을 꾸겠지

상민은 눈을 감고 시를 읊조리는 아이와 그 모습을 흐뭇하게 바라보는 여인과 허공에서 푸르게 반짝이는 글씨를 한눈에 담았다. 그 풍경 속에 마치 아이인 형우가, 부모가 되었을 수도 있는 형우가 동시에 존재하는 것처럼 느껴졌다. 애틋한 마음으로 지금 자신 곁에 가장 가깝게 있는 사람을 가장 멀리에 있는 사람처럼 그리워했다. 암송을 마친 아이 앞으로 이내 빛나는 한결이 나타났고 아이는 뿌듯한 얼굴이 되어 까불거리다가 금세 딴짓을 했다.

"얼마 안 됐나 봐요, 홀로그램이."

여인이 상민에게 말했다.

"아, 네……."

"처음에는 좀 이상하죠. 마치 죽은 사람을 데리고 다니는 것처럼."

상민은 어색하게 웃으며 고개를 끄덕였다.

"다들 우리 같은 사람들 이상하다고 하잖아요. 죽은 사람을 평생 끼고 살아서 어쩔 거냐고. 오죽하면 저희 남편도 떠났게요. 그만할 때도 되지 않았냐고, 당신만 견디는 거 아니라고, 언제까지 그럴 거냐고. 근데 모르죠, 저도. 언제까지 이럴지. 그걸 제일 알고 싶은 게 우리잖아요, 우리가 제일 궁금하잖아요. 안 그래요?"

"그렇죠, 정말……."

말을 줄이며 상민은 조용히 그녀와 눈빛을 나눴다. 눈

빛. 그것은 죽음을 데리고 다니는 이들을 하나의 공동체로 만드는 언어였다. 눈빛은 아무런 말을 하지 않으면서도 많은 말을 했고, 꼭 해야 할 말을 꼭 하도록 했다. 그들이 살아 있던 사람들이라는 것을.

상민은, 형우는 소설을 썼어요. 작품에 사람을 담으려고 애썼죠. 죽을 때까지 쓰겠다고 했는데, 소원을 이룬 셈이죠, 하고 대화를 이으려다 말고, 한결이가 어떤 아이였는지, 무슨 음식을 잘 먹었는지, 무슨 노래를 즐겨 들었는지, 어떤 과목을 좋아했는지, 친구는 많았는지, 가끔 어떻게 말썽을 피웠는지, 엄마랑 아빠 말은 잘 들었는지, 동생과 놀아주는 다정한 오빠였는지, 자주 웃었는지, 왕왕 울었는지, 쓴 시가 많은지를 물어봤다. 아주 당연하게도 한결의 엄마, 살아 있는 사람은 상민이 물은 것보다 더 많은 이야기를 들려줬다. 그 이야기에는 한결이 어쩌다 죽었는지도 포함되어 있었다.

그리고 둘은 길게 침묵했다.

상민은 그녀가 들려준 이야기에 힘입어 형우에게 손을 뻗었다. 빛을 통과한 손을, 아무것도 붙들지 못하고 허공에 떠 있는 손을 지켜봤다. 형우가 죽은 그날의 손과 같은 손이었다.

그날, 강풍으로 제주에서 김포로 회항한 비행기에서 내려 두 사람은 바삐 움직였다. 상민은 짐을 찾았고, 항공사 데스크로 가서 이후의 비행 편을 물었고, 현 시간부로 모든 비행기의 운항이 중단되었다는 소식을 들었다. 형우는 항공권 예매 사이트 고객센터로 전화해 결항확인서에 적힌 항공기 번호를 여러 차례 확인시켜줬고, 렌터카 업체와 예약한 숙소와 식당으로 일일이 전화해 자초지종을 설명한 끝에 숨을 돌렸다.

　　지친 몸과 마음으로 그들은 캐리어를 끌고 공항버스 정류장으로 갔다. 거센 비바람이 몰아쳤고 얇은 옷차림 때문에 형우는 연신 재채기해댔다. 상민은 집 앞까지 가는 버스가 코앞에서 떠나는 것을 보고 오늘 진짜 안 풀린다며 서둘러 무인 주행 택시를 잡았다. 형우에게 바람막이를 벗어 주며 집에 빨리 가서 쉬자고 했다. 둘은 정말이지 기도하는 마음으로 택시에 올랐다. 애처롭게도 택시는 내부순환로에서 미끄러지며 전복됐다.

　　밖의 상황과는 무관하게 구겨진 채 뒤집힌 택시 안은 음을 소거한 듯 고요했다. 두 사람은 서로의 이름을 나직이 되뇌며 필사적으로 서로의 지금에 집중할 뿐이었다. 상민은 형우를 위해 눈을 깜박거렸고, 형우는 상민을 위해 혀를 내밀었다 넣었다 하며 웃었다. 그런 형우를 지켜보면서 상민은 환청 같은 목소리를 들었다. 내 노트북이랑 USB는 괜찮겠지. 이 사건을 소설로 써야겠다. 이런 대화로 시작하는 거야. 그러길래 내가 루테인 좀 챙겨 먹으라고 했지. 천년만년 청춘인 줄 아나 봐. 석찬이 누나 무릎 나간 거 까먹었어? 40부터는 간당간당이 아니고 간다간다 하다가 훅 가는 거래…… 너, 그렇게 약 좋아하면 죽어서 안 썩는다. 무슨 상관이야. 죽으면 끝이지…… 알았어, 알았어. 죽으면 시작이지. 그래. 형우야, 계속 말해봐. 형우야, 형우야. 상민은 정신줄을 놓지 않으려고 애쓰며 눈을 부릅떴다. 형우의 손을 잡았는데, 분명 꼭 붙들었는데 그 손은 점점 무엇도 잡지 않은, 잡지 못한 손으로 변해갔다.

서서히 빛을 잃어가는 존재를 그저 지켜볼 수밖에 없다고 해도, 당신 역시 쉬이 눈 감지 말기를. 인생은 언제나 무너지기 일보 직전이니까. 상민은 낮은 목소리로 읊조렸다.

손님 여러분 우리 비행기는 곧 착륙하겠습니다. 좌석벨트를 맸는지 다시 한번 확인 부탁드립니다.

상민은 홀로그램 플레이어를 멈추고 에코백에 챙겨 넣었다. 심호흡하며 좌석 주머니에 넣어둔 신문을 꺼내 돌돌 말아선 양 끝을 두 손으로 잡았다. 비행기는 이상 없이 부드럽게 착륙했다. 캐리어도 없이 홀가분한 몸으로 공항을 빠져나온 상민은 무인 주행 택시에 올랐다. 석찬에게 책방으로 바로 가겠다고 메시지를 보냈다. 그러면서 제주행을 결심한 석찬과 캐리어 하나에 그간의 살림을 욱여넣은 주말 오후를 생각했다. 이사의 맛을 내겠다며 신문을 깔고 중국 음식까지 시켜 먹으며 이런 대화를 나눴더랬다.

"형우는 정말 작가답게 살다 갔다. 젊어 죽니 죽길."

짜장면과 탕수육을 먹다 말고, 상민이 반은 웃고 반은 우는 얼굴로 석찬을 쳐다보자,

"주미가 제주 가서 살자고 했거든. 봐두고 온 곳도 있다고. 책방을 같이 하자고 했어. 무명책방이라고. 건물 1층에 유명제과라는 빵집이 있는데 유명은 있으니까 무명이 좋겠다고. 싱거워, 싱겁더라고. 주미도 아프니까 싱거워지더라. 아프기 전에는 그렇게 매콤하더니…… 그러니까 상민아, 원래 그런 거라고. 그렇더라고. 밥 먹다가 불쑥, 똥 싸다가 불쑥, 딴 여자랑 한 침대에 있다가도 불쑥, 잠든 강냉이 얼굴을 보다가도 불쑥 주미를 부르고, 주미에게 중얼거리게 되더라고. 그니까 너도 그냥 말하라고. 아무 때나, 어디서나."

석찬이 대답했다.

상민은 아무 때나, 어디서나, 하고 석찬의 말을 따라 했다.

"근데 주미한테 네 사진 보여줬을 때 주미가 너 안 만난다고 했어. 알아?"

"알아, 주미는 긴 머리 부치 안 좋아하잖아."

"청순, 하면 가련, 해야 한다고 했지."

두 사람은 단무지를 씹으면서 크게 웃었다.

당장 웃는 게 중요하니까. 상민은 혼잣말하며 붉은색으로 곱게 물든 하늘을 봤다. '작은 책방'의 운영 시간이─오후 1시부터 일몰 무렵까지─기억났다. 맺고 끊는 게 확실한 주미라면 일몰 무렵이라는 말 대신에 오후 6시라고 정확히 적었을 텐데. 주미라면 작은 것보단 큰 게 좋다고 했을 텐데. 안 그래도 안 보이는데 이름은 크게 지어야지 하면서. 하지만 형우라면, 작은 일몰을 좋아했을 것이다. 어느 소설가의 말을 빌려 가장 작은 것 속에 가장 큰 것이 담겨 있다고 말하던 형우니까. 상민은 석찬의 가까이에서 여린 마음 4인방에 관한 이야기를 가장 많이 들어줄 사람, 애련을 생각했다. 황애련. 본명이라 했고 애련한 여자라고 했고 일몰 무렵이라는 생의 시간을 석찬에게 일깨워준 여자라고 했다.

택시는 한경면 산고로 26 산고농협 앞을 향해 가고 있었
다. 상민은 김광석 노래를 흥얼거렸다. 오늘 저녁, 작은 책방
에서 상민은 형우의 얼굴을 보며, '고스트 듀엣'이라는 제목
이 붙은 자신의 소설을 읽을 것이다. 행복과 불행은 늘 붙어
다니니까. 그 소설에는 사루비아가 핀 마당에 돗자리를 깔
고 앉아 술을 마시는 홀로그램 인간들이 등장하고, 그들은
무너지지 않았기에 서로의 이름을 자주 부른다. 마음이 여
린 네 사람이 서로를 애써 지탱하는 형우의 이야기에 답하
는 상민의 이야기인 셈이다. 말하자면 행복이 불행에게.

유미의 기분

GHOST
DUET

형석은 기분이 나빴다.

생각할수록 입이 썼다. 잠을 설쳤다. 유미가 꿈에 나왔다. 꿈의 유미는 청소년이었고, 모범생이었고, 숙녀였다. 그 유미가 형석이 알던 유미였다. 유미는 왜 그랬을까. 유미는 그런 표정, 그런 말투, 그런 유미를 어디서 배웠을까. 형석은 잠자리에서 일어나 폰을 확인하고, 화장실에 다녀오고, 물을 마시고, 전자담배를 입에 물고 그런 유미를 곱씹어봤다. 엉뚱한 곳으로 생각이 번져서 승우에게 메시지를 보내려다 말고 오늘은 그런 유미를 생각하지 않기로 했다…….

유별난 일이었다. 유미의 언행은 자신의 의도와는 무관했다. 형석은 유미를 이해하려 했다. 유미는 진지했다. 진지함에 사로잡혀 있었다. 혼자서. 분위기라는 게 있는데. 형석은 진지한 유미에게 언제나 상냥했으므로 불쑥 되뇌었다.

나는 누구보다 학생들의 진지함을 응원하는 교사가 아닌
가. 너는 학생이고, 나는 선생이야. 그게 그럴 만한 일이었
나. 형석은 유미를 유미답게 만드는 것을 헤아려봤다. 의자
등받이에 등을 대지 않고 허리를 세워 항상 바른 자세를 유
지하는 유미를 볼 때마다 저것은 가정교육의 영향이다, 유
미의 꼿꼿한 부모를 칭찬하던 형석이었다. 그 바른 유미가,
바르던 유미가⋯⋯.

　뻣뻣한 년.

　형석이 유미를 다시 보게 된 건 지난 금요일 수업에서
였다.

　대체공휴일로 이어지는 주말을 앞두어서 학생이나 선
생이나 들뜨긴 매한가지였다. 형석은 수업을 15분 남겨두
고 드라마 얘기를 꺼냈다. OTT 드라마치고는 이례적인 시
청률을 기록하며 국민 드라마라 불리는 작품이었는데, 출
생의 비밀과 음모와 배신과 죄와 벌과 화해와 용서가 주된
내용으로 한 번 보나 두 번 보나 몇 번은 본 듯했다. TV를
즐겨 보지 않는 형석이 그 드라마를 찾아 본 건 순전히 승
우 때문이었다.

　승우가 가장 좋아하는 배우 송옥숙이 드라마의 주인

공이었다. 승우는 자신의 디바인 송옥숙이 화가 치밀어 오를 때마다 책상이든 밥상이든 가리지 않고 두 손으로 쓸어버리는 장면이 그렇게 통쾌할 수 없다고, 얼마 전 방송에선 남편의 외도 사실을 알게 된 송옥숙이 모욕은 모욕으로 갚는 거라며 남편 친구인 김창완을 유혹하려고 얼굴에 점을 찍었는데 그게 그렇게 '줌마크러쉬'였다고, 이제 송옥숙의 인생 드라마는 〈언니의 바다〉가 아니라 〈내 여자의 화신〉이라고, 너도 분명 좋아할 거라고 열에 들떠 형석에게 드라마 시청을 적극적으로 권유했다.

과연 드라마는 승우의 말마따나 송옥숙이 언제 또 쓸어버리나, 다음 장면을 기다리는 재미가 있었다. 형석은 드라마를 시청하며 십년지기 친구가 오랜 세월 동안 성숙과 변질의 과정도 없이 한결같은 취향을 고수하고 있음에 감탄했다. 승우의 천연덕스러운 끼를 형석은 부러워했고 부끄러워도 했으나 승우의 선택은 실패한 적이 없었다.

형석이 드라마 얘기를 이어가자 학생 몇몇이 왜 우린 이렇게 만나서, 하고 드라마의 주제곡을 따라 불렀다. 민홍기! 이제는 유행어가 된 이름을 격앙된 목소리로 외치기도 했다. 열띤 분위기에 힘입어 송옥숙의 복수가 어떻게 이어질지 모두가 낄낄거리며 예상하는 도중에 유미가 손을 들었다.

"선생님, 그 말씀 책임질 수 있으세요?"

"무슨 말?"

"한은세가 먼저 꼬리 쳤다는 얘기요."

"어?"

"여자는 꼬리가 아홉이라서 꼬리를 잘 친다는 얘기요."

"아, 그건, 다 같이 웃자고 한 얘기지."

"저는 안 웃었는데요."

예상치 못한 유미의 말에 형석은 멋쩍게 교실을 둘러봤다. 얼굴에 피가 몰려 화끈거렸다. 아이들 몇몇이 키득거렸고, 수군거렸고, 인상을 찌푸렸다. 유미 때문에 키득거리고, 수군거리고, 인상을 찌푸린다고 형석은 애써 생각했다.

"쌤, 쟤 메갈이에요."

환호와 야유가 뒤섞여 교실을 메웠다. 형석은 그제야 유미를 똑바로 봤다.

"그래, 유미야, 쌤이 취소할게. 너 때문에 분위기 이상해졌잖아."

형석이 나긋나긋하게 말하는데 어디에선가 포스트잇 충, 이라는 소리가 들렸다. 형석은 소리의 진원지를 찾는 대신 계속 유미에게 시선을 고정했다. 유미는 예의 꼿꼿한 자세로 눈을 내리깔며 깊은 한숨을 내쉬었다. 형석은 유미의 숨이 빠져나오는 걸 봤다. 흰 숨은 교실 위를 한 바퀴 빙 돌더니 사라졌다. 유미는 아무 소리도 들리지 않고(할 말을 했다는 듯이), 아무런 일도 벌어지지 않았다는 듯(애초에 대답을 기대하지 않았다는 듯이) 평온했다.

옆 반 아이들이 복도로 우르르 몰려 나가 떠들었다. 유미를 멍하니 바라보고 선 형석은, 평소에 '나이스 가이'로 불리는 형석은 전혀 나이스하지 않았고 낮은 목소리로 15분 전까진 생각지도 않은 과제를 말했다. 실망하는 모습도 잠시 아이들이 탄성을 내뱉으며 책상을 두드렸다. 한두 명은 고개를 돌려 유미를 봤다. 형석은 그 모습을 확인하며 몸을 돌렸다. 어디선가 희미하게 웃는 소리가 나서 형석은 천장을 향해 고갤 들었다 내렸다. 그 소리의 주인이 유미임을 확신했다. 아니, 확신하고 싶었다.

샤워를 마치고 나온 형석이 화장대 앞에 앉았다. 유기농 솜에 토너를 덜어 얼굴을 닦아내다 말고 승우에게 전화했다. 통화 연결음이 몇 번 반복됐다. 또 한 소리 듣겠군. 끊으려고 하는데,

"미쳤냐?"

"어차피 지금 일어나서 준비해야 하잖아."

"그러니까 네가 미친년이지. 어차피 볼 사람한테 왜 전화 하냐고."

"바로 끊으려고 했어."

"그러니까 네가 더 미친년이지. 끊을 거면서 전화를 왜 하냐고."

"오늘,"

"뭐?"

"아니 오늘 여행 취소할까, 어쩔까……."

형석이 말끝을 흐리거나 말거나 승우가 소리쳤다.

"미친년아! 몇 번 말해. 지금 취소하면 환불도 못 받는다니까."

"알았어, 알았어. 야, 근데 너 그 년 소리 좀 안 하면 안 되냐. 요즘 시대가 어느 시댄데."

"게이들이 핍박받는 시대다. 됐냐? 잔말 말고 시간 맞춰 와."

"……근데 걘 나한테 왜 그랬을까?"

"언니, 또 그 얘기세요? 정신 상담은 이따 해줄게요. 끊어."

폰을 내려놓고 형석은 거울에 비친 자신을 보았다.

유미의 기분

30대 후반치고는 관리를 잘해서 제 나이처럼 보이지 않는 얼굴이었다. 얼굴뿐인가. 어디서든 앞뒤가 꽉 막힌 타입은 아니며 아재랑은 거리가 멀다 소릴 듣는 이가 거기 있었다. 그는 자기 삶을 책임질 줄 아는 노인이 되는 걸 목표로 삼았다. 그런 사람이 어째서 시답잖은 농담 하나로 모욕을 느껴야 하는지. 형석은 유미에게 말해주고 싶었다. 유미야, 너의 적은 내가 아니라 입만 열면 여자는, 말하는 김 선생이고, 장난이랍시고 쇠 자로 허벅지나 종아리를 건드리는 홍 선생이야. 나는 그런 놈들이랑은 근본적으로 다른 사람이라고. 형석은 화장대를 쓸어버릴까, 하다가 손바닥에 로션을 덜어 쓱 비빈 후에 볼과 이마와 턱을 꾹꾹 눌렀다. 승우와의 첫 여행을 이토록 망친 책임을 유미에게 묻고 싶었다. 유미야, 너 그 말 책임질 수 있어? 무슨 말이요? 형석은 자문자답하려 했지만, 하지 못했다. 유미가 책임질 말은 무슨 말일까. 자신이 책임져야 할 말과 유미가 책임져야 할 말의 무게는 같을까, 다를까. 형석은 생각지도 않게 거울 앞에 오래 앉아 있었고, 그 사실을 잊기 위해 봄 더위치고는 참 난데없는 더위네, 중얼거리며 옷을 입고 짐가방을 든 채 서둘러 집을 나섰다.

"쌤, 유미한테 한 방 먹었다면서요."

수업을 마치고 교무실로 들어온 체육 선생 주채린이 형석에게 다가와 해맑게 말했다.

"그니까 애들한테 틈을 보이면 안 돼요. 요즘 여자애들 무서워요. 뭐 하나 걸리기만 해봐라, 아주 눈에 불을 켜고 있다고요. 예쁘다 해도 문제, 안 예쁘다 해도 문제. 살이 빠졌다고 해도 문제, 쪘다고 해도 문제. 여자애들 때문에 남자애들이 기를 못 펴잖아요. 같은 여자지만 저도 가끔 잘 모르겠더라고요. 우리 때랑 또 달라요."

형석은 우리 때, 라는 말이 마음에 걸렸다. 말없이 고개를 주억거렸다.

"그렇게 맨날 사람 좋은 얼굴을 하니까 애들이 만만하게 보는 거예요."

"근데, 채린 쌤, 그 얘긴 유미한테 직접 들으셨어요?"

"네? 아, 뭐, 그건 아니고……."

채린이 말을 얼버무리며 자기 자리로 갔다. 형석은 채린을 살폈다. 만만한 얼굴과 만만하지 않은 얼굴을 어떻게 구분할 수 있을까. 만만했던 얼굴이 만만해지지 않고, 만만하지 않았던 얼굴이 만만해지는 건 어째서일까. 평소 사람 좋기로 소문난 채린이 책상에 놓인 서류를 보며 일순 무표

정해졌다. 서류에 얼굴을 파묻고 엎드렸다. 그의 굽은 등에서 그간의 피곤과 앞으로의 피로가 동시에 느껴졌다.

형석은 언젠가 한 회식 자리에서 왜 잔무 처리는 여자 선생님들이 다 하냐고요, 말하는 채린의 얼굴을 만만하게 보진 않았는지 돌이켜보았다. 만만했을 것이다. 그래서 그날 채린의 말을 열심히 들어주면서도 성별로 갈라치길 하면 나도 할 말이 많다고, 오히려 게이인 내가 이도 저도 아니어서 당하는 게 더 많다고 형석은 속으로 징징거렸다.

교무실을 나와 조용한 복도를 거닐던 형석은 유미가 만만한 채린뿐만 아니라 만만한 선생에게, 만만한 학생에게 아무것도 아닌 얘기를, 웃고 지나가면 그만인 얘기를 말하고 다니는 모습을 상상했다. 자신이 아는 유미가 아니라, 자신이 바라는 유미가 아니라, 유미에게 있어서의 유미를 궁리해봤다. 청소년도, 모범생도, 숙녀도 아닌 유미를. 우리 때와는 다른 유미를. 그제야 형석은 유미가 여자라는 이유로 저질렀다던 사건을 떠올렸다. 형석이 이 학교로 부임하기 전에 발생한 일이었다. 누군가는 해프닝이라 했고, 누군가는 전설이라 했고, 누군가는 요즘 것들이 세상 무서운 줄 모르고, 라고 말한.

기차역은 휴일에 맞춰 여행을 떠나는 사람들로 크게 붐볐다. 형석은 하릴없이 역사를 돌아다니며 10분 정도 늦을 것 같다는 승우를 15분 넘게 기다리고 있었다. 평소와 다를 바가 없었는데도 형석은 그날따라 게이 타임이니 어쩌니 하고 떠들어댈 게 분명한 승우와 자신이 어떻게 만나게 됐는지, 그해 청계천 베를린광장을 추억했다.

존 캐머런 미첼이 퀴어문화축제 메인 차량에 올라와 뉴욕의 퀴어퍼레이드는 이미 너무 상업화되었다며 하품하는 제스처를 해 보일 때였다.

"저기요, 죄송한데요, 저 사람 누군가요?"

승우였다. 그때는 지금처럼 '떡대 수의 세계'로 진입하기 전이어서 적당한 키에, 적당한 몸에, 적당한 얼굴에, 적당한 끼를 장착한 '보통 게이'였다. 작업인가, 형석이 보통의 게이처럼 상황 파악을 위해 머뭇거리자 승우는 왼손 검지로 검은색 뿔테 안경을 콧등 위로 밀어 올리며 제가 지금 막 와서요, 저 사람이 무슨 말만 하면 다들 소릴 지르는데, 연예인이에요? 다시 물어왔다.

"영화감독이에요. 〈헤드윅〉이라고 알아요?"

"알아요, 알아요. 사랑하는 두 사람이 원래 하나였다는 거."

터무니없이 진지한 승우의 말을 듣고 형석은 마음을 열었다. 혼자 오셨어요, 묻자 승우가 보통의 게이처럼 잠시 머뭇거리다가 네, 하고 답했다.

"저는 이따가 친구들이랑 합류하기로 했는데, 혹시 같이 걸으실래요? 부담되면 안 그러셔도 되고요."

"아, 아니에요. 같이 걸어도 괜찮을 거 같아요. 괜찮으시면."

괜찮으시면 괜찮다. 형석은 그 말이 두 사람의 시작을 알리는 말로도 나쁘지 않다고 생각했고 그리하여 형석과 승우는 광장에 울려 퍼지는 〈사랑의 기원〉을 함께 들었다. 공연을 위해 한국인 개인교수를 두고 노래를 연습했다는 존 캐머런 미첼이 〈섬집 아기〉의 '자장노래'를 '짜장 노래'로 발음하자 같이 웃었고, '차가운 도시를 녹인 아름다운 너'에 맞춰 힘차게 펄럭이는 무지개 깃발을 보면서, 하늘로 떠오르는 빨간 풍선을 따라 고개를 들면서 형석은 손등으로 눈가를 훔치는 승우를 보았다. 두 손을 머리 위로 들어 좌우로 흔들었다. 승우도 두 손을 들었다. 두 사람은 그날 밤 종로의 한 골목에서 우연히 마주친 정체 모를 남성들에게 두들겨 맞아 피를 흘렸다. 괜찮으시면 괜찮다.

그랬던 우리가, 오늘에 와서······.

형석은 이제 노래방에서 샤크라의 〈끝〉을 선곡하는 데 주저함이 없는 승우를, 'CK' 인생을 청산하고 '딥티크'로 탈바꿈한 승우를, 주중에는 얌전히 자동차를 정비하고, 주말에는 친구사이 기획단에서 묵은 끼를 푸는 승우를, 하루에도 열두 번씩 사랑이니 꿈이니 질병이니 하며 동성 커플을 위한 실용법률을 논하는 승우를, 기다렸다. 승우에게 해야 할 말이 있었다.

　　"야!"

　　"아, 깜짝이야. 놀랐잖아."

　　"그러게 왜 여기서 멍을 때리고 있어."

　　"죽을래."

　　"여기, 커피."

　　승우가 형석에게 보온병을 건넸다.

　　"내가 이거 타 오느라 늦었지."

　　"가자. 시간 얼추 다 됐어."

　　형석은 승우의 능청스러운 표정을 보며 말을 덧붙였다.

　　"근데 얼굴 뭐냐, 강시냐?"

　　"아침부터 언피씨하네."

　　형석은 성큼성큼 앞서 걷는 승우를 멍하니 뒤따랐다. 승우의 대답이 아니라 자신의 물음이 괜찮지 않아서였다.

자신의 입에서 나온 말이 자신의 말이 아닌 듯 낯설게 느껴졌다. 말이 말이 되게 하는 것은 무엇일까. 자신도 모르게 그냥 하는 말이란 없다. 그냥 하는 말이 자신의 말일 뿐. 형석은 승우가 그냥 하지 않았을 말을 자신이 그냥 한 말에 포개어보았다. 계단이 나타났다.

'우리는 거짓말하지 않는다.'

포스트잇을 처음 발견한 건 수학 선생 김강훈이었다. 그는 1층 교사 화장실 벽에 붙어 있는 메모지 한 장을 쓱 보고 지나쳐서는 소변을 보고 손을 씻지 않은 채 수업에 들어갔다. 2층으로 올라가는 계단 벽에 붙은 포스트잇을 발견한 건 2학년 3반 최미희였다. '내가 입술로 인공호흡 해줄까?'라는 문장을 보자마자 최미희는 독개구리로 불리는 홍남민을 떠올렸다. 홍남민이 수업 시간마다 내뱉는 혐오 발언을 모아서 책으로 내면 열 권도 넘겠다고 생각하던 미희였다. 미희는 홍남민이 담임을 맡은 교실 외벽에 '예쁜 학생이 내 무릎에 앉으면 수행평가 만점 준다'라고 적은 포스트잇을 붙였다. 다행인지 불행인지 홍남민은 그 메모지를 보지 못했다. 그 반 한승후는 '예쁜 학생이 내 무릎에 앉으면 수행평가 만점 준다'라는 문장을 보자마자 해병대 출신임을 자랑으로 삼는 영어 선생 최호찬을 떠올렸다. '동성애는 정신 병이다'라고 포스트잇에 적어 최호찬이 몰고 다니는 차에 붙여놓으면 어떨까 생각했지만, 실행에 옮기지는 못했다. 대신 포스트잇을 2층 복도 벽 한쪽에 붙였다. 그때까지도 포스트잇들은 그저 각각 다른 위치에 붙어 있었다.

포스트잇 한 장으로 시작된 일련의 과정은 오래지 않아 모두의 눈에 띄었다. 며칠 뒤 누군가 2층 복도의 한쪽 벽면 을 포스트잇 수십 장으로 채워놓은 것이다.

우리는 거짓말하지 않는다, 내가 입술로 인공호흡 해줄 까? 예쁜 학생이 내 무릎에 앉으면 수행평가 만점 준다, 동 성애는 정신병이다, 얼굴이 사과같이 빨개서 따먹고 싶다, 고년 몸매 예쁘네, 엉덩이도 크네, 고등학교 가면 성관계를 맺자, 내가 열 달 동안 생리 안 하게 해줘? 열 달 동안 배부 르게 해줄까, 정관수술 해서 너희와 성관계해도 임신 안 해, 괜찮아, 화장실 가서 옷 벗고 기다리면 점수 잘 줄게, 낙태 천국 김밥천국, 가슴은 만질수록 커지니 나중에 남자친구 생기면 부탁해라, 여자들을 성폭행하고 싶다고 생각하지만 생각을 실천에 옮기지 않으니 나는 나쁘지 않다, 니들은 머 리도 안 좋고 얼굴도 안 되니까 강남 나가요도 못한다, 연 예인 하다 안 되면 장자연처럼 된다……

메모지 한 장 한 장은, 한 문장 한 문장은, 한 사람 한 사람에게, 한 인간 한 인간을 떠올리게 했다. 보잘것없는 노란 종이 쪼가리가 한데 모이자 크고 넓은 문이 만들어졌다. 많은 학생이 문 뒤로 펼쳐지는 세계에 자신을 연결했다. 또한, 많은 학생이 거북한 세계에서 눈을 돌렸다. 헐, 존나, 대박, 진지충, 메갈, 꼴펨이라는 말을 내뱉고 사라졌다. 자신의 피해 경험을 한 번도 말한 적 없는 이들이 문 앞에 오랫동안 남아 있었다. 그들은 처음으로 교과 내용이 아니라 가해자의 이름과 피해 증언과 생존자를 향한 응원을 적었다.

교사 몇이 몰려와 포스트잇을 떼어내기 전까지 소동이 계속됐다. 교감 주재하에 긴급회의가 열렸다. 학생들에게 입단속을 시켰고, 몇몇 교사들은 쉬쉬하며 포스트잇으로 '장난친' 사람을 찾으려 했다. 그러나 그들이 힘쓰기도 전에 곧 포스트잇 투사—여학생들 사이에서 불린 별명이었다—의 정체가 밝혀졌다. 소동 이틀 뒤 교문 앞에 '우리는 거짓말하지 않는다'라는 제목의 대자보가 붙었다. 이름이 적혀 있었다. 유미였다.

이후 유미에게 벌어진 일은 우리 모두 안다. 유미에게만 있었던 일은 아니다.

'교직원 일동'이라는 이름으로 작성된 사과문이 유미

의 대자보가 뜯긴 자리에 붙었다. 학교 측에선 재발 방지를 위한 노력을 약속했지만, 가해 교사로 지목된 이들은 사과 한마디 없이 쥐도 새도 모르게 전근 갔다. 언제나처럼 그 일을 서둘러 잊거나 덮으려는 이들이 있었다. 너희 이걸로 또 미투 할 거 아니지, 미투 때문에 아무 말도 못 하겠다, 말하는 교사들이 여전히 학교에 남아 있었고, '학교 다니기 쪽팔린다 페미들아'라고 적힌 전단이 뿌려졌다. 전단은 '학생 수호회 일동'이 만든 것이었다.

그래도 유미는 살아 있었다.

강릉에 도착하면 먼저 숙소에 짐을 풀고 초당순두부집에 들러 늦은 점심을 해결한 후에 공연장 근처로 가서 커피를 마시고 공연을 보면 되겠다. 열차에 오르자마자 형석과 승우는 오늘의 계획을 점검했다. 승우가 1박 2일이니까 시간을 허투루 보내면 안 된다고 말했으나, 계획 대부분은 형석이 짰다. 승우는 형석의 계획에서 꼭 가야 할 곳과 반드시 해야 할 것을 다시 정했다. 형석은 승우의 무계획적인 계획을 듣다가 말을 꺼냈다.

"서울에서도 못 본 지보이스 공연을 강릉에 와서 보게 되다니."

"즐겨. 내가 다 준비했으니까."

"그나저나 연수 씨도 공연 멤버로 와?"

"연수? 아마, 그렇겠지."

"그렇겠지는 뭐야, 연락 안 해봤어?"

"응. 답답한 애야, 개도."

"왜?"

"그 군바리랑 결국엔 만난단다."

"와수리 직업군인?"

"어. 자기 나이가 몇인데 어린앨 거둬 키워, 키우길. 연하남 키우기는 20대까지지."

"착한 사람이라고 하지 않았나?"

"썸 탈 때 나쁜 인간도 있냐? 우리 엄마도 좋아서 결혼한 놈한테 30년을 맞다가 헤어졌어."

"연수 씨가 뭐 다른 얘긴 안 하고?"

"술만 마시면 개가 된대. 뜯어고치며 산단다. 지 무덤지가 파는 거지. 꼴 보기 싫어서 연락도 안 해."

"연수 씨도 참 한결같다."

"너는?"

"나?"

"어, 너."

"나 뭐?"

"학교에 이상한 애 하나 있다며?"

"아, 유미. 이상한 건 아니고…… 쓸데없이 진지하달까? 괜한 걸로 트집 잡는 사람들 있잖아, 왜."

"근데, 내가 어제 네가 보낸 메시지를 보면서 생각을 좀 해봤거든. 간단하더라고. 네가 사과하면 돼."

"내가?"

"어."

"내가 왜?"

"네가 잘못했잖아."

"내가?"

"어."

"내가 뭘 잘못해? 웃자고 한 얘긴데."

"안 웃었다며. 안 웃기다고 했다며. 그게 죄야. 너만 웃은 거. 걔만 빼고 다 웃은 거. 내가 얘기 안 해줬나? 내가 남중, 남고를 다녔잖아. 근데 고 3 때 우리 반에 이형우라는 애가 있었거든. 별명이 미스 리. 어떤 앤지 뻔하지? 어느 날 야자 끝나고 나가는 길에 걔가 나한테 편지를 건네주는 거야. 식겁했지. 그땐 벽장 게이였으니까. 아웃팅당할 거 같고 막 그랬어. 남들이 보면 어쩌나 싶어서 걔한테 뭐라 말도 못 걸고 편지만 받고 돌아섰지. 집으로 오는데 너무 떨리더라고. 이게 뭔가. 무슨 편진가. 고백하려는 건가. 오만 생각이 들더라. 집에 들어서자마자 뜯어봤지. 근데 거기 뭐라고 적혀 있었는지 알아? 자기 놀리고 괴롭힌 새끼들한테는 사과 같은 거 받고 싶지 않은데, 나한테는 사과받고 싶대. 나는 자길 놀리지도 괴롭히지도 않고 오히려 잘 대해줬는데 그래서 사괄 받고 싶다는 거야. 걔들이 자길 놀리고 비웃을 때 나도 같이 웃었다고. 나는 사과할 자격이 있다는 거야. 다른 새끼들은 사과할 자격도 없는데 나는 있대. 그게, 처음엔 미친 새끼네 싶었는데 편지를 다 읽고 나니까 눈물이 나더라고. 그 애가 다 알고 있는 거 같았어. 내가 게이라는 걸. 아, 이 편지는 나한테 사과하라는 거고, 내가 누군가에게 사과받을 자격이 있다고 말해주는 거구나, 알겠더라고. 사과할 자격이 있는 사람, 그 말이 용기를 주더라고."

"그래서 사과했어?"

"했을 거 같냐, 안 했을 거 같냐?"

"지금의 너라면 했겠지."

"안 했어. 못 했어. 쌩깠지. 쌩까게 되더라고. 얼굴을 보질 못하겠더라고. 걔한테 사과하면 나도 누군가에게 사과를 바라게 될까 봐. 그걸로 끝."

"끝?"

"응. 걔가 죽더라고. 몇 년 전인가, 교통사고였다고 들었어."

"안타깝네……."

"그러니까 너도 유미한테 그런 사람이 되라고. 사과할 자격이 있는 사람. 유미한테 알려주라고. 너는 사과받을 자격이 있다고."

형석은 뭐라 대답해야 할 것 같은데 무슨 대답을 해도 대답이 아니라 질문이 될 것 같아서 승우의 말을 잠자코 듣다가 대꾸했다.

"넌 언제 어디서 그렇게 교양을 쌓았냐?"

"민홍기!"

"그만."

두 사람은 고개를 숙이고 킥킥거리며 어깨를 들썩이다가 이내 말없이 각자 시간을 보냈다. 승우가 잠든 사이에 형석은 몇 주 전 홈커밍데이에서 만난 석영과 윤태를 떠올렸다.

비슷한 시기에 결혼하고 애까지 낳아서인지 둘은 죽이 잘 맞아서 다시 태어나면 결혼은 안 한다, 애는 안 낳는다, 투덜거리며 하고 싶고, 되돌리고 싶은 것들에 관해 한 시간도 넘게 주거니 받거니 했다. 자릴 앉아도 하필 그런 데 앉았는지 형석 혼자 중간에서 멀뚱멀뚱 있었다. 윤태가 결혼해도 애인은 하나쯤 있어야 한다고 말하자, 석영이 갑자기 형석에게 관심을 보였다.

"형석아."

석영이 반쯤 풀린 눈으로 형석의 어깨에 팔을 둘렀다.

"네."

"너 애인은 있다고 했냐?"

"아니요."

"왜?"

"뭐 그냥 바쁘기도 하고 피곤하기도 하고…….."

"야, 남자가 여자랑 할 힘이 없으면 끝난 거나 마찬가지다."

석영이 윤태를 보면서 말하자 윤태가 말을 이었다.

"형이 또 상남자지. 하고 또 하잖아요."

"옛날 일이다. 니들도 세울 수 있을 때 즐겨라."

"선배, 형석이 저거 사람만 좋지 남자 구실도 못 해요. 했단 소릴 들어본 적이 없어."

윤태가 실실 쪼갰다. 이런 레퍼토리는 어디 가르쳐주는 데라도 있나. 형석이 애써 표정을 관리하는데 석영이 형석의 어깨를 자기 쪽으로 끌어당기며 한쪽 눈을 찡긋했다.

"오늘 좋은 데 한번 갈까?"

윤태가 석영의 빈 잔에 술을 따랐다. 화제를 돌리려고 형석이 잔을 들며 한잔하세요, 말하자 윤태가 형석의 잔에 자기 잔을 부딪치며 대뜸 말했다.

"야, 너 남자 좋아하냐?"

"뭐?"

"똥꼬충이냐고."

"아이 씨 드럽게. 미쳤냐. 술이나 처마셔, 새끼야."

형석이 대꾸하며 술을 마셨다.

"아니면 아닌 거지. 깨끗한 새끼."

"야, 똥꼬충이 웬 말이냐. 이렇게 얌전하게 생긴 애들이 뒤론 존나 밝혀. 이런 애들이 한번 성나면 죽질 않아요. 근데 요즘 애들이 발육이 좋지?"

석영과 윤태는 누가 먼저랄 것도 없이 동시에 큰 웃음을 터뜨렸다. 형석은 웃지 않았다. 석영이 술병을 들어 빈 잔을 채웠고, 세 사람은 건배를 외치며 술잔을 부딪쳤다.

"여자 후배들이랑은 연락 좀 하냐?"

윤태가 형석에게 물었다.

"그냥, 몇 명."

"야, 너 학교 다닐 때 몇 명이나 따먹었냐? 너 여자 후배들이랑 존나 붙어 다녔잖아."

"그랬어?"

석영이 반색하며 끼어들었다.

"뭐래, 그냥 친했던 거지."

"좆까. 먼저 말해주면 나도 말해줄게. 형, 형이 솔선수범 좀 해봐요."

형석은 다른 테이블을 살피면서 윤태와 석영을 번갈아 봤다. 석영이 하는 말을 들었다. 저게 말인가, 저걸 말이라고 불러도 되나. 형석은 동기와 선배와 후배를 넘나들며 자랑삼아 썰을 푸는 석영과 그게 사실인지 아닌지 알 필요도 없다는 듯이 맞장구를 치는 윤태와 들키지 않으려고 입을 다문 자신이 모두 같은 학교, 같은 과라는 사실을 누군가가 좀 알아주었으면 싶었다. 동창회나 결혼식, 장례식이 아니면 두 번 다시 볼 일 없는 세 사람이 그때 만만히 여긴 건 누구였을까.

네가 너를 지키지 않으면 남들도 너를 만만하게 본다. 형석은 언젠가 승우에게 들은 말을 나직이 입 밖으로 꺼냈다.

얼마 뒤, 강릉에 도착한 두 사람은 숙소에 짐을 풀고,

원조초당순두부집에 들러 늦은 점심을 해결하고, 강릉아트센터 근처에서 아인슈패너와 바닐라라떼를 마시고, 사임당홀에서 지보이스 공연을 봤다. 저녁엔 연수와 함께 북해도에서 양고기에 칭따오를 나눠 마셨다. 연수와 교제를 시작한 이의 이름은 오민석이었고, 그가 술만 마시면 개가 되는건 신임 장교 시절에 부대 내 동성애자 색출 작전에 가담한전력 때문이라는 걸 알게 되었다. 승우는 술에 취해 울면서도 미친년이라는 말을 몇 번씩 반복했고, 승우 때문에 셋은 옆자리에 앉은 손님들의 이유 있는 눈총에 시달렸다. 그런데도 연수는 군형법 92조의 6항 폐지에 관한 이슈를 꺼냈고, 형석은 '전국 스쿨 미투 지도'에 관해 말했다. 이윽고셋은 대학 시절에 술만 마시면 노래방에 가자던, 노래방에서 여학생들을 끌어안고 블루스를 추고 귓가에 입김을 불어 넣던, 어느 학교나 꼭 한 명씩은 있는 지도교수에 관해이야기했다. 계획한 일과 계획하지 않은 일을 하면서 둘 중누구도 형우와 유미라는 이름을 다시 거론하지 않았다. 다만, 형석은 사과할 자격을 잃어버리지 않는 사람이야말로자신을 만만히 여기지 않는 사람이라고 생각했고, 승우는사과하지 못했음을 평생 기억하는 사람이야말로 누군가를만만하게 여기지 않는 사람이라고 생각했다. 누구도 하루를 허투루 보냈다고 여기지 않았다.

　그 덕분에 이튿날 청량리행 열차에서 형석은 승우에게 해야 할 말을 했다. 열차가 출발한 지 한 시간이 채 지나지 않은 무렵이었다. 오랫동안 생각한 얘길 꺼내야겠다. 놀라지 않았으면 좋겠어, 라는 말로 시작하는 고백이었다.

　오전부터 봄비가 흩뿌리듯 날리더니 오후가 되자 빗줄기가 제법 굵어졌다. 휴일에 안 온 게 어디야, 일찍 퇴근하고 싶네, 어떻게 된 게 쉬다 오면 더 피곤해, 라는 대화가 오가는 교무실을 빠져나와 형석은 복도를 걷고 계단을 올랐다. 유미를 그렇고 그런 유미로 만들어버린 벽 앞에 잠시 멈춰 섰다. 이형우라면 어떤 말이 적힌 포스트잇을 붙였을까. 형석은 형우의 그림자를 벽에서 얼핏 보았다. 그것은 빛이 만들어내는 것이었다. 형석은 유미의 숨을 생각했다. 승우에게선 여전히 답이 없었다. 형석은 유미처럼 허리를 꼿꼿하게 세웠다. 똑, 똑똑. 벽을 세 번 두드렸다. 맞은편에서 응답이 오길 기다렸다.

　형석은 문을 열고 진학상담실 안으로 들어섰다. 유미가 먼저 와 앉아 있었다. 두 사람은 수업 때와는 다르게 서로를 마주했다. 형식적인 대화가 오갈 법한 자리였지만, 그런 대화가 필요하지 않은 둘이어서 형석이 먼저 휴일에 있었던 일을 차분히 말했고, 유미는 대답 없이 고개를 끄덕였다.

"그래서 유미야, 선생님이 너한테 할 말이 있는데……."

긴장한 형석이 뻣뻣하게 말이 되는 말을 꺼냈다.

"……."

"선생님이 지난 며칠 동안 이렇게 저렇게 생각해봤는데, 그날 선생님이 잘못했더라. 사과할게. 그런 말을 그냥해서 미안해. 바로 답해주지 못해서 미안해. 앞으로는 그냥 말하지 않을게. 혼자 안 웃는 사람이 없나 세심히 살필게."

"……."

"어떻게 사과하는 게 좋을지 고민이 돼서 사과의 기본자세도 검색해봤거든. 사과하는 사람은 어떠한 방식으로든 손해가 되는 행위에 책임을 진다, 사과하는 사람은 해당 행위의 결과로 인한 손해를 인지하고 있으며, 사과하는 사람은 앞으로 다르게 행동할 의향이 있다, 라고 쓰여 있더라."

형석은 유미에게 포스트잇 한 장을 내밀었다. 자신의 이름과 함께 '여자는 꼬리가 아홉이라서 꼬리를 잘 친다'라는 말이 적혀 있었다. 유미는 형석에게 건네받은 포스트잇을 가만히 보다가 입을 열었다.

"그날, 교직원 일동 중 한 사람이 사과한다면서 제 등을 천천히 쓸어내렸어요."

형석은 유미의 등을 천천히, 최대한 천천히 쓸어내렸을 사람을 그려보았다. 누군가를 만만하게 보는 얼굴을. 그는 아마도 유미가 누구에게나 얘기할 수 있도록, 말할수록 유미만 이상한 사람이 되도록 최선을 다해 등을 쓰다듬었을 것이다. 아무도 유미의 말을 믿지 않도록, 모두가 유미보단 그런 유미를 생각하도록, 유미의 기분은 유미만이 느끼도록.

"저는 기분이 나빴어요."

형석은 유미의 말을 계속 들었다.

가상 투어

GHOST
DUET

영수와 함께 홍콩에 갔을 때의 일이다(물론 이때의 홍콩은 그 옛날 홍콩이 아니다. 코로나바이러스의 창궐 이후 우리는 봉쇄된 국가의 시민들이 되었다).

나와 영수는 '어떤 날'을 기념하기 위해 종종 여행을 떠나고, 매번 크고 작게 다툰다. 어쩔 땐 싸우려고 여행을 가나 싶다. 다툼은 대체로 사소한 이유로 다음과 같이 시시콜콜하게 전개된다.

어느 날의 영수는 기념일은 별것도 아니라고 얘기하며 아무것도 하지 않고 숙소에 머물길 원한다. 그러나 그날 또 다른 영수는 무방비로 고분고분 침대에 누워 있는 나를 빤히 보면서 말한다. 숙소에만 있을 거면 여행은 왜 왔지? (내 말이······.)

영수가 숙소에서 정말 아무것도 하지 않느냐 하면 그
것도 아니다. 영수는 매번 노트북을 켜 들고 침대에 앉았
다 누웠다 하며 대본을 쓰는데, 내가 보기에 쓰는 것도 쓰
지 않는 것도, 쉬는 것도 쉬지 않는 것도 아니다. 저러다 분
명 또 크게 자책하겠지, 하면 어김없이 이번엔 진짜, 아주,
확, 망한 것 같다며 한숨을 쉰다. 그래서 망한 적은 없잖아,
내가 달래주면 영수는 금세 활력을 되찾고, 그날의 또 다른
내가 여기까지 와서 글을 쓴다고 까불어, 퉁명스럽게 대꾸
하면 몇 시간이고 입을 꾹 다문다.

활기차거나 뾰루퉁한 영수를 숙소에서 데리고 나와, 걷
자 걸으면서 여행 기분을 좀 내야지 싶으면, 영수는 빨리
카페에 들어가 앉길 원하고 카페에서는 다음 코스를 짜려
고 연신 폰을 들여다본다. 이러다 또 '추천 맛집'이나 가겠
네, 하면 정말로 배부르고 취한 상태로 맛집 블로거를 칭찬
하거나 욕하면서 우리는 숙소로 돌아온다. 이쯤 되면 누구
나 예상하겠지만, 다툼은 방에서 그러니까 깨끗이 씻고 나
란히 누운 더블베드에서 벌어진다. 왜 그래. 뭐가. 온종일.
몰라서 물어. 또 내 탓이야. 사람 진짜 안 변한다. 대화가 길
어지면 끝내 먼저 이불을 걷어차고 일어나는 건 영수고, 나
는 침대에 앉아 홀딱 벗고 서서 항변하는 영수를 지켜본다.

영수가 그간 자신도 참을 만큼 참았으며 노력할 만큼 노력했고 대본을 쓰는 것도 스트레슨데 너까지 왜 이러냐며 사람이 어떻게 모든 면에서 완벽할 수 있냐고 그래도 애인이 좋다는 게 뭐냐 항상 상대를 헤아리고 상대의 편이 되어주고 배려하고 다독이며 사랑으로 이끌어야 하지 않냐는 말까지 하고 나면, 나는 대개 이런 말로 대화에 마침표를 찍는(역할을 하게 된)다. 넌 부끄럽지도 않냐. 그 흉한 걸 덜렁거리면서. 그럼 영수는 기다렸다는 듯 침대에 눕고 펄럭, 이불을 다시 뒤집어쓰고 나는 조용히 소등한다. 영수는 가끔 그 자세로 극적인 효과를 높이려고 울음을 터뜨리는데, 나 역시 기다렸다는 듯 밖으로 나와 담배를 몇 대 피운다. 방으로 돌아오면 영수는 열에 아홉은 코를 골며 잠들어 있고. 나는 베개 하나는 베고 나머지 하나는 얼굴에 얹은 채 두 손으로 베개 양옆을 누르며 잠을 청한다. 다음 날 아침이 되면 영수는 잠든 내게 뽀뽀하고, 파고들고, 쓰다듬고, 꼼지락거리고, 핥고, 우리 둘은 자연 발기에 힘입어 섹스하고, 샤워하고 숙소를 나와 다시 전투 대세를 갖추는 병사들처럼 얼큰한 국물이 있는 요리를 먹으며 그날의 일정을 담대히 시작한다. 그로써 상황 종료.

　나는 영수의 변덕과 갈팡질팡하는 심사 때문에 발생하

는 별별 일들을 4년이나 겪으면서, 미워하지 않으리라 마음 먹으면서 그건 인간 영수가 아니라 김영수 작가의 '종특'이라고 여겼다. 한 인간을 싫어하는 것보단 작가 나부랭이를 혐오하는 게 나았다. 작가란 망하면(!) 언제든 때려치울 수 있으니까.

영수와의 홍콩행은 느닷없었다. 그즈음 동창의 초대를 받은 영수와 함께 광주에 잠시 다녀오기도 했거니와 광주에서 돌아온 이후 우리 사이가 급격히 냉랭해졌기 때문이다. 나와 영수는 사귄 지 3년쯤 되었을 때 석 달 정도 헤어졌었는데, 그때 이별한 이유를 각자 다르게 기억하는 게 원인이었다. 나는 함께 살면서도 집안일에는 도통 신경을 쓰지 않는 영수가 지긋지긋했고(마침 오래전에 교제한 철우를 우연히 만나 회포를 풀고, 종종 연락했다), 영수는 모든 문제를 나와 철우에게 귀결시켰다. 헤어졌다 다시 만나는 연인들에게 불쑥 찾아오는 기묘한 기류 탓에 나는 괜히 영수의 눈치를 살폈다. 영수는 별다른 내색 없이 평온한 듯 보였다. 그런데 뜻밖에도 잠시 떨어져 지내보자고 말한 이는 영수였고, 놀랍게도 영수가 스위치사社의 가상 투어 서비스 개시 5주년 이벤트(1인 동반 가능!)에 덜컥 당첨되어버렸다.

　가상 투어 서비스를 한 번 이용하려면 수개월간 일정액을 차곡차곡 모아야 하는 우리는, 그런 행운을 어떤 이유에서든 쉬이 거부할 수 없었다. 더욱이 나와 영수 모두 90년대 홍콩영화에 애정이 있었다. 당시 영화를 보면 왜인지 모르게 짙은 향수에 젖었다.

　나와 영수는 1박 2일의 짧은 일정을 짜면서 별거의 악몽을 잠시 잊고(잊으려고 애쓰며) 청킹맨션과 미드나이트 익스프레스와 미드레벨 에스컬레이터를 검색했다. 양조위가 자주 온다는 국숫집에서 양조위를 기다려보자고도 했다. 일정 금액을 더 내고 옵션으로 '양조위와의 만남'을 추가할 수도 있었지만, 우리는 인위적인 만남보다는 자연스럽고 우연에 힘입은 만남, 그로 인한 설렘이 진짜 90년대 감성이 아니겠냐며 모처럼 함께 행복해했다. 근데, 하며 며칠 뒤 영수는 다 짜놓은 일정에 관해 다시 말을 꺼냈다.

　영수는 투어 일정에 홍콩아트페어 관람을 추가하고 싶다고 했다. 아트 아시아 아카이브 부스에서 열리는 대담 〈민주주의의 얼굴〉을 직접 방청했으면 한다는 것이었다. 한국, 홍콩, 아르헨티나의 젊은 작가들이 5·18 광주민주화운동을 재해석하여 만든 본인의 작품을 두고 이야기 나누는 자리였다. 영수의 관심을 끈 건 정유승이었다. 정유승은 5·18 당시 광장에 모인 황금동 성매매 여성들을 기억하는 기념비를 붉은 네온으로 만들었는데, 영수는 5·18과 광주 퀴어문화축제를 교차 삽입하는 자신의 연애극에 기념비라는 색채와 생생한 톤을 녹이면 좋겠다고 했다. 돈이 들더라도 말이다.

나는 우선 연애극에 그런 걸 왜 넣어야 하는지부터 의아했고, 기념비라는 색채가 무슨 말인지, 생생한 톤을 굳이 실제로 보고 듣고 옮겨야만 하는지 묻고 싶었으나 애써 참았다. '종족적 특성'의 말이겠거니 대수롭지 않게 넘겼다. 그러나 돈이 들더라도 그렇게 하고 싶다는 영수의 말은 좀처럼 흘려들을 수 없었다. 우리가 돈이 없지, 예술이 없냐. 월세를 충당하려고 번역을 하고 식료품을 구입하려고 생동성시험 아르바이트로 매혈하는 영수를 생각하니 그건 영수에 대한 상념을 넘어 내 삶에 대한 구체적인 감각으로 이어졌다.

나는 낮에는 촬영 장비 대여 아르바이트를 하고, 밤에는 각종 영상 콘텐츠를 편집한다. 그런데도 매번 세를 내기 빠듯하고, 하루 한 끼는 꼭 컵라면으로 때운다. 그런데도 꿈을 포기하긴 싫어서 언젠가 이 나라를 떠나리라, 스페인어를 배운다. 그런데도 우울해서 잠을 설치고, 잠든 연인의 얼굴을 자주 쳐다본다. 나는 '그런데도 인생'을 살면서도 살자고 반복해서 말한다. 믿는다. 나와 영수는, 아마도, 아니 분명히 이후로도 오랫동안 꿈이 있는 사람으로서, 가난한 연인들로서 각자의 삶과 우리라는 삶을 동시에 살아내고자 애쓰게 될 것이다.

나는 그런 우리에게 주고 싶었다. 그게 무엇이든 줄 수만 있다면, 주어야 한다면. 주는 행위만으로도 사랑은 생생한 색채를 띠기도 하니까. 영수에게 생활비를 좀 줄여보자고, 옵션 추가는 내가 알아보겠다고 말했다.

상담원은 친절했다. 행운을 잡으셨네요, 인사와 함께 패키지여행 상품에 전용 쇼핑센터 방문 일정을 끼워넣듯 옵션에 관한 설명을 덧붙였다. 아트페어에 연계해서 왕웅미술관 산책 코스도 넣을 수 있고(아시죠? 눈 큰 호랑이 작품……), 금액을 조금 더 추가하면 당시의 홍콩 시위도 체험 가능하다고 했다(위험한 상황은 다 뺄 수 있으니 걱정하지 마세요). 이런 식으로 어디까지 추가할 수 있는지 괜한 호기심이 발동했지만, 나는 상담원의 말을 끊고 제가 시간이 없어서, 라고 말했다. 상담원은 나와 같은 고객의 사정과 한계를 파악하고 있다는 듯 목소리의 톤을 바꾸며 옵션을 추가하면서도 경비를 절감하는 방법을 알려주었다.

　　고민 끝에 나는 제로 서비스를, 영수는 플러스 서비스를 이용하기로 했다. 상담원은 제로 서비스는 여행 중에 예기치 못한 오류가 발생할 수도 있으나 그런 경우는 극히 드물고, 당연하게도 플러스 서비스보다 혜택이 다소 축소되나(호텔 조식이 제공되냐 안 되냐의 차이 정도고요) 두 사람이 같이 여행하는 데에는 전혀 불편함이 없다고 했다. 내가 과연 그럴까요, 라는 표정으로 고갤 끄덕이자 그러니까, 하며 상담원은 예를 하나 덧붙였는데, 그게 하필이면 〈민주주의의 얼굴〉이었다. 아니, 상담원은 그것을 '민주의 얼굴'로 잘못 알아들은 것 같았다. 다른 고객님께서 민주의 얼굴을 보는 동안 고객님께서는 같은 공간에서 다른 얼굴을 보게 된다고 이해하시면 돼요. 나는 알겠다고 했다. 그럼, 체험을 한번 해보실까요? 상담원은 나를 '비행실'로 데려갔다. 비행실에는 인큐베이터형 기기 수십 대가 놓여 있었다. 상담원은 그중 하나의 문을 열어 나를 눕히고(편안하게 심호흡하세요), 머리와 팔, 다리에 장치를 부착한 후에 문을 닫아 기기를 작동했다. 잠시 후 유리문이 불투명하게 변하더니 나른하게 잠이 쏟아졌고 눈을 감았다 뜨니 낯선 공항이었다.

홍콩에 도착해 숙소에 짐을 풀기 무섭게 영수는 수영장으로 향했다. 나는 수영이라면, 더군다나 호텔 수영장이라면 딱 질색이라서 간단히 씻고 맥주 한 캔을 따서 한 모금 마신 후에 캔을 그대로 들고 침대로 갔다. 개운한 기분으로 맥주를 홀짝거리면서 폰으로 홍콩 맛집을 찾아보다가 철우의 인스타그램에 들어가 철우가 만난 사람, 철우가 먹은 음식, 철우가 마신 술, 철우가 본 책과 영화에 하트를 눌렀다. 철우는 나와 영수와는 다른 세계의 사람이었다. 낮에는 일하고 밤에는 잘 수 있는 사람. 영수의 인스타그램에는 광주 여행 이후 새로운 게시물이 없었다. 나는 〈민주주의의 얼굴〉을 검색했다.

"이 더러운 변태들아, 민주주의의 성지를 더럽히지 마라, 라는 소릴 듣고 저는 광장이 지평선이 아니라 벽이나 면처럼 느껴졌어요. 광장을 점유할 수 있는 권리가 누구에게 있는지 궁금했죠."

정유승은 말했다.

이런 광장의 시대도 있었다. 바이러스 때문에 광장에서의 대면 집회는 전면적으로 금지되었다. 나는 한 애국 단체에서 거대 스폰서의 자본을 투입해 4개 도시, 5개 광장에서 100만 홀로그램 태극기 집회를 열었다는 뉴스를 상기하다가, 빈 맥주 캔을 내려놓을 새도 없이 잠들었다. 깨어나보니 어느새 두 시간이 훌쩍 지나 있었다. 폰을 확인했다. 영수에게서 온 연락은 없었다. 두 시간씩이나…… 아마도 영수라면 지금쯤 누군가와 친구가 되어 수영장이 아니라 술독에 빠져 있을 테지. 나는 샤워 가운을 벗고 얇은 옷을 챙겨 입었다가 왠지 썰렁한 기운이 느껴져서 바람막이 점퍼를 걸친 후에 영수를 찾아 나섰다.

승강기는 일시 점검 중이었다. 계단을 이용해 로비로 향했다. 왜 이렇게 멀지 싶을 만큼 나선형 계단은 끝도 없이 이어졌다. 나는 문득 영수와의 이별을 생각해보았다. 계단은 아무래도 그런 곳이다. 오르내리며 인생을 되돌아보기도 하고 인생을 앞질러 살아보기도 하는.

나와 헤어진 영수는 쉬지 않고 연애를 시작한다. '금사빠'라고 말하는 영수니까. 상대의 이름은 철우라고 해두자. 철우는 오래된 신문이나 잡지에서 발췌한 사진을 원형으로 삼아 역사적인 사건을 재현하는 미술가다. 영수는 자신의 결핍을 남에게서 채우려는 경향이 있고, 철우는 영수와 다르게 뭐 하나 부족함 없이 자라왔으므로 백마 탄 왕자 스토리에 익숙하다. 영수는 철우와 만나는 내내 어려운 환경

속에서도 쾌활하고 씩씩한 캔디형 연인 행세를 성실히 해낸다. 철우를 만족시킨다. 그 때문에 철우는 금세 영수에게 질리고, 그 덕에 영수는 철우에게서 금전적 이득을 취한다. 영수는 돈의 일부를 한 선배에게 준다. 하려는 사람이 줄을 섰다는 영상 편집 일을 따낸다. 몸은 고되고 급여도 적지만, 혼자 일하고 혼자 장래를 점치는 좋은 직업이다. 나는 부에노스아이레스에 가서 영화를 찍는다. 제목은 '미래의 연인들'. 그리고 철우와 헤어진 영수는 꿈꾸게 된다. 원목 탁자에 화병을 두고, 그 탁자에서 된장찌개와 꽁치구이를 먹고, 글을 쓰고, 때론 그곳에 엎드려 잠들고. 나는 영수를 깨운다. 무슨 잠을 이렇게 달게 자. 좋은 꿈 꿨어?

나는 문득 나도, 영수도 우리라는 영화 속에서 각자의 배역에 몰입하고 있음을 깨달았다.

계단을 다 내려오니 들어올 때와는 다르게 잿빛 벽으로 이루어진 넓은 호텔 로비가 나타났다. 바닥이 하얀 대리석으로 마감된 로비에는 잎이 붉은 나무 화분들이 즐비했다. 로비 중앙에는 푸른색의 대형 페르시안 카펫이 깔려 있었다. 나는 압도적인 크기로 시선을 사로잡는 그림 쪽으로 걸음을 옮겼다. 수박을 든 여인의 초상이었다. 가까이에서 보니 수박 아래에 그려진 개미 떼가 눈에 들어왔다. 개미들은 작디작은 책을 옮기는 중이었다. 책의 이름은 '픽션들'이었다. 나는 그제야 사방을 자세히 살펴봤다. 계단을 내려왔을 뿐인데 갑자기 홍콩이 아닌 다른 나라에 온 듯했다. 후문 쪽 로비인가. 나는 프런트를 찾아갔다. 검은 머리에 키가 작고 체격이 우람한 서양 남자가 데스크에 서 있었다. 수영장을 찾는데요. 죄송하지만 저희 숙소는 수영장을 운영하지 않습니다. 대화가 이어졌다. 이내 나는 이곳이 홍콩의 호텔이 아니라 부에노스아이레스의 한 호텔이며, 89년 만에 부에노스아이레스에 눈이 내리고 있음을 알게 되었다.

'예기치 못한 오류'일까. 다른 사람의 가상현실이 내 가상현실에 섞여 보이는, 일종의 혼선이었다. 나는 당황스러운 와중에도 '눈 내리는 부에노스아이레스'를 옵션으로 추가한 사람은 누구일까. 궁금해했다. 행운을 잡으셨네요. 직원은 웃는 얼굴로 입구를 가리켰다. 데스크에서 출입구까지는 그리 멀지 않은데도 나는 홍콩에 있는 영수를, 부에노스아이레스에 있는 나를, 이토록 멀리 떨어져 있는 우리를 생각하며, 걸어가며, 뜬금없게도 사랑이 없는 혁명가를 상상하기란 불가능하다는 체 게바라의 말을 기억해냈다. 영수의 연애극을 시작하는 말이었다.

밖으로 나오자 곧 사라질 듯 희미한 진눈깨비가 흩날렸다. 여러 사람이 무리 지어 하늘을 올려다보며 손뼉을 쳤다. 눈의 열기가 대단하다 싶었는데 독재 타도, 더는 안 돼, 실종자들을 산 채로 돌려달라, 모두에게 평등한 사랑을, 이라고 적힌 피켓과 현수막을 든 가두시위 행렬이 호텔 앞에 도착했다. 선봉대로 보이는 예닐곱의 여장남자들이 시신 한 구를 들것에 실어 걷고 있었다. 가발이 벗겨지고, 화장은 얼룩지고, 옷은 터지고, 피로 물들고, 하이힐은 한 짝뿐인, 그들이 사랑했으나 죽음을 맞은 이의 얼굴 한쪽에는 최루탄이 박혀 있었다. 그 야만의 한복판에서 그들은 행진하며 노래했다. 망자가 나가니 산 자여 따르라, 라는 후렴이 반복되는 장송곡이었다. 시위대를 막는 경찰이나 군인들은 보이지 않았다. 무력 충돌의 장면을 누군가 일부러 도려낸 듯했다. 이것도 편집된 투어일까. 나는 차도를 점령하고 걸어가는 시민들을 스쳐 지나갔다. 민주와 영수의 얼굴을 얼핏 본 것 같기도 했다. 영수는 광주에서 나고 자랐다.

민주시민회보 제10호. 등사용.

우리는 명분 없는 비상계엄의 해제와, 반민족적이요 역사를 역행하는 유신 세력의 일소를 위해 끝까지 싸운다. 이는 민족사의 요청이다…… 페퍼포그·최루탄 및 총기를 수

입하여 국민의 배를 가르고 가슴에 총을 쏘아 죽일 수 있단 말인가…… 계엄사의 발표 일체가……거짓임을 밝힌다.

이런 가상 투어를 추가하려면 비용을 얼마나 더 내야 할까.

나는 김영수 작가가 말한 기념비라는 색채와 생생한 톤에 얽힌 것을 처음으로 곱씹어보았다. 팬데믹 이후 문을 걸어 잠근 박물관과 도서관과 서점과 극장과 공연장은 이제 영영 되살아나지 못할 것이다. 영수는 현란한 색 조명과 입체 영상이 난무하는 온라인 연극을 보면서 이제 연극의 시대는 끝났다고 했지만, 연극의 시대만이 끝난 것이 아니었다. 광장이라는 혁명의 도구도, 광장이라는 축제의 장도 모두 사라졌다. 나는 최근에 자막을 입힌 국가 폭력에 관한 다큐멘터리에서 들은 말을 기억해냈다. 미래는 과거에 의해 바뀌고 과거는 현재에 의해 바뀐다.

영수를 다시 만난다면 묻고 싶었다.

그래서 진실한 민주주의의 얼굴을 보았냐고.

시위대는 블록 서너 개를 지나 '땅고'까지 이어졌다. 나는 이제 막 땅고에서 나온 한 사람이 외투 깃을 세우며 담배에 불을 붙이는 모습을 유심히 지켜봤다. 낯이 익었다. 양 조위를 닮은 동양인이었다. 우수 어린 눈빛이 인상적이었다. 나는 길 건너 골목으로 사라지는 그의 뒷모습을 뚫어지게 보고 섰다가 땅고로 들어갔다.

내부는 작고 어두웠다. 손님 세 명이 바에 일렬로 앉아 맥주를 마시고 있었다. 작은 테이블마다 올려진 전등의 푸른 갓이 멋졌다. 나는 창가 쪽 테이블에 자리를 잡고 앉아 벽 쪽 테이블 앞에 앉은 한 남자를 관찰했다. 그는 소형 녹음기에 입술을 붙이고 무언가를 말하는 중이었다. 아, 그 순간 나는 그가 땅고를 떠난 후에 벌어질 일을 내가 이미 알고 있음을 깨달았다. 그것은 이미 '내가 본 것'이었다.

영수와 〈춘광재현〉을 보며 촬영 현장에 가보고 싶다고 말한 것이 생각났다. 어쩌면 이건 오류가 아니라 영수가 준비한 깜짝 선물일지도 모른다. 나는 마치 영화 속 인물이라도 된 것처럼 한동안 말없이 그곳에 앉아 있었다. 얼마였을까, 영수는 그 돈을 어디에서 구했을까. 아무래도 영수가 무언가를 포기했을 것 같은 불길한 예감이 들었다. 그것이 민주주의 얼굴은 아니어야 할 텐데. 호텔 조식 정도여야 할 텐데. 컷! 그 소리를 듣고서야 나는 그곳을 빠져나왔다.

밖은 고요했다. 시위대도, 진눈깨비도, 달뜬 사람들도 모두 사라지고 없었다. 나는 땅고 옆으로 나 있는 골목으로 들어갔다. 막다른 길이었다. 골목을 나와 또 다른 골목으로 들어섰다. 역시 막다른 길이었다. 끝없이 갈라진 길이라도 모두 막다른 길이리라. 나는 이제 더는 어디로도 갈 수 없었다. 다시 호텔을 향해 발길을 돌렸다. 그때 홍콩에 있는 영수에게서 톡이 왔다. 어디야. 부에노스아이레스. 뭐. 호텔 앞이라고. 아까 너무 달게 자서 깨우지 않고 나왔어. 〈민주주의 얼굴〉은? 어? 시간 지난 거 아냐? 어, 아냐, 이제 보려고. 그래, 잘 보고 이따 7시 30분쯤에 양조위 국숫집에서 만나. 어. 근데…… 아니다, 이따 봐, 하며 대화가 끊어졌다.

나는 끝없이 이어지는 나선형 계단을 다시 오르면서 나와 영수에겐 아직 경험해야 할 넓은 침대와 바스락거리는 새하얀 침구 그리고 시시콜콜한 이야기의 미래가 남아 있다고 생각했다. 언젠가 우리의 홍콩행을 떠올릴 때 영수는 민주주의의 얼굴을, 나는 영수의 얼굴을 먼저 떠올리게 되리라는 것도 내다봤다. 나는 〈미래의 연인들〉을 이렇게 마무리할 것이다.

'오늘 밤이 지나면 우리는 여행의 피로감을 안고 함께 집으로 가게 될 것이다. 여행은 떠나기 위해서가 아니라 돌아오기 위해서라고들 하니까.'

나는 지금도 종종 영수와 함께한 홍콩 여행이 아니라

영수와의 홍콩행을 상상하곤 한다.

　　종이에 '양조위 자주 오는 집'이라는 문구를 한글로 써서 붙여놓은 가게는 모두 열한 군데이고, 나와 영수는 결국 만난다.

견본 세대

GHOST
DUET

마지막 날이었다.

승남은 영수를 찾아다녔다. 추우니까 가게 1층에서 만나자던 영수는 3층 생활용품 코너에 서서 시곗바늘 방향이 제각각인 탁상시계를 들여다보고 있었다. 승남은 오늘 약속 시간을 지나쳤다. 서너 정거장쯤. 그럴 만한 사정이 있었지만, 영수에게는 말하지 않기로 했다. 오늘만큼은 궁상맞지 않은 산뜻한 연인이 되고 싶었다.

"왜 여기 있어? 전화도 안 받고."

"어, 왔어. 전활 가방에 넣어놔서 온 줄도 몰랐네."

영수가 해사한 얼굴로 대꾸했다.

"1층에 있겠다며."

"늦게 온 게 누구더라. 근데 나 발 아파."

승남은 영수의 운동화를 내려다보며 순간 발가락을 오

므렸다 폈다.

"인터넷으로 샀는데 좀 작네."

"운동화를 왜 인터넷으로 사. 신어보고 사야지."

"싸니까 샀지. 자기도 맨날 싼 거 사면서."

영수는 웃고 승남은 웃지 않았다. 참았달까. 승남은 그런 사람이었다. 참을 만큼 참는 사람이 아니라 그저 참는 사람. 그래서 계속 참아지는 사람. 날 때부터 그런 건 아니고, 10년을 영화 현장에 있다 보니 그렇게 됐다고 승남 스스로는 생각했다. 영화는 근성이라고, 처음에는 원래 다 그렇다고, 버티면 된다는 말을 듣고 또 듣다 보니 들은 대로 하게 되고, 하다 보니 어느새 그렇게만 하는 사람이 되어버렸다고.

"오늘 많이 걸어야 하는데, 그냥 신던 신발 신고 오지."

"걷지 말고 택시 타면 안 돼?"

승남에 비하면 영수는 뭐랄까, 처음부터 풀린 사람이었다. 단란한 가정의 외아들로 태어나 사랑받으며 자랐다. 학자금 대출은 없고, 돈이 필요해서라기보다는 경험을 쌓으려고 작은 호프집에서 3개월 정도 아르바이트를 했다. 백화점 매대에서 파는 세일 상품을 그냥 지나치지 않지만, 결국에는 싼 게 비지떡이라며 미련 없이 뒤돌아섰다. 듣는 사람의 기분이나 상황은 아랑곳없이 그러나 악의도 없이 자기할 말을 다 하는 편이었다. 그러니까 영수는 참을 필요가 없는 사람이었다.

"일단, 나가자."

승남이 먼저 계단을 내려갔고 영수가 뒤따랐다. 동갑내기인 두 사람은 9년째 연애 중이었다.

밖으로 나오자 칼바람이 몰아쳤다. 승남은 코트 주머니에서 파란색 면 마스크 두 개를 꺼내 하나는 자신이 착용하고 다른 하나는 영수에게 건넸다. 승남의 얼굴엔 딱 맞았고 영수의 얼굴엔 좀 컸다. 헐렁한 마스크 끈을 조절하며 눈웃음친 건 영수였고, 영수를 보며 승남은 패딩 점퍼 지퍼를 목까지 채워 올리는 시늉을 했다.

오래 걸어 다니기엔 어려운 날씨였지만, 임대주택 견본을 볼 수 있는 마지막 날이니 어쩔 도리가 없었다. 오늘 안에 적어도 서너 군데는 둘러봐야 하는데. 승남은 어젯밤 세워둔 계획을 속으로 차근차근 되짚었다. 영수는 지퍼를 목까지 올리고 모자까지 뒤집어쓴 후에 운동화 뒤축을 보도블록에 대고 툭툭 쳤다. 신발이 문제긴 문제인 것 같네. 승남이 손을 내밀며 말했다.

"가방 이리 줘. 내가 들어줄게."

"아니야, 안 무거워."

"발은 괜찮겠어?"

"응. 저기 길 건너 편의점 좀 들리자. 따뜻한 음료 좀 사 게. 너무 춥다."

영수는 말을 끝내기 무섭게 건널목을 향해 걸음을 옮겼 다. 승남도 잰걸음으로 영수를 따라갔는데, 영수가 깜박이 는 신호를 무시하고 뛰다시피 길을 건넜다. 영수는 길 건너 에서 잠시 승남을 살피더니 다시 걸음을 옮겼다. 승남은 신 호가 바뀌기를 기다리며 편의점으로 들어가는 영수를 지켜 봤다.

건너와서 기다려.

영수의 톡이었다. 승남은 영수의 말대로 건너와서 기다 렸다. 곧 영수가 승남에게로 다가와 따뜻한 캔 커피 하나를 건넸다.

"날이 추워서 금방 차가워지겠다. 얼른 주머니에 넣 어."

잠시 캔을 두 손으로 감싸 쥐고 있던 승남은 영수의 말 을 고분고분 잘 들었다. 목덜미에 캔을 대던 영수도 두 손 을 호주머니에 넣었다.

그들은 왼쪽 호주머니에서 오른쪽 호주머니로, 오른쪽 호주머니에서 왼쪽 호주머니로 캔을 옮겨가며 가파른 언덕을 한참 올랐다. 이런 곳에 집이, 사는 사람이, 더 오를 데가 있나, 귀가 떨어져 나갈 듯 차가워졌을 때 낡은 아파트 단지 하나가 나타났다.

둘은 마스크를 벗고 가쁜 숨을 가다듬으며 단지로 들어섰다. 겨울인데도 입구에서부터 퀴퀴한 냄새가 훅 풍겼다. 악취와는 또 다른 냄새였다. 낡고 오래됐다고밖에 할 수 없는 냄새. 수거된 쓰레기의 냄새가 아니라 뒤에 남은 끈적한 찌꺼기의 냄새였다. 며칠을 씻지 않고 살 수밖에 없는 영화판의 냄새. 승남은 익숙한 듯 냄새를 참았고, 영수는 손으로 코를 막았다.

"집 보러 왔어요?"

어디에서 나타났는지 모를 초로의 사내가 불쑥 말을 붙여왔다. 낯빛이 검고 깡마른 사내는 아침인데도 눈이 풀려 있었다. 두 손에는 소주 한 병과 명품 잉어빵이라고 적힌 종이봉투가 들려 있었다.

승남은 사내의 움푹 파인 볼과 쪽 째진 눈, 허옇게 튼 입술을 보면서 한 사람을 떠올렸다. 술과 빵으로 하루를 견디던 사람. 술로 몸을 덥히고 빵을 먹었기에 몸을 찬 데로 굴리던 사람. 열불과 오한을 그렇게 오가던 사람. 승남이 처음으로 사랑했던 그 사람은 이제 이 세상에 없었다. 간경화로 인한 합병증으로 한창일 나이에 소리 소문 없이 죽음에 이른 그의 장례식장에서 승남은 형은 끝까지 형답네, 하고 한 사람의 삶을 정리했더랬다. 이런 곳인가, 이곳은. 승남이 고개를 잠시 떨굴 때 영수는 술 냄새를 풍기는 사내를 빠르게 지나쳐 가며 고개를 하늘로 슬며시 들어 올렸다.

206동과 207동 사이를 지나가자 관리사무소가 나타났다. 이른 시간이라 그런지 다행히 대기하는 사람은 없었다. 사무소 안으로 들어서자 책상에 앉아 노트북 모니터를 들여다보던 직원이 고개를 들었다.

"견본 세대 보러 오셨어요?"

"네."

"잠깐만요."

직원은 느릿느릿 기지개를 한 번 켜고 경량 패딩 조끼를 걸치며 서류철을 챙긴 후에 사무소 밖으로 앞장섰다. 거대한 몸체에 비해 미끄러지듯 가벼운 몸놀림이었다.

지은 지 오래된 아파트임을 고려해도 임대 동은 낡고 더러웠다. 승남은 뭘 잘못한 게 없는데도 자꾸만 영수의 눈치를 살폈다. 엘리베이터를 기다렸다. 도저히 안 되겠는지 영수가 뒤꿈치를 빼며 운동화를 꺾어 신었다. 도톰해 보이는 양말이네. 승남은 그런 것에 안도했다. 엘리베이터에 올랐다.

"차 끌고 오셨어요?"

"아뇨, 걸어왔습니다."

승남이 깍듯하게 대답했다.

"아이고, 힘드셨겠네. 역 앞에 마을버스가 있긴 한데."

"아, 저희가 초행이라서……."

입을 꾹 다물고 무표정한 얼굴로 폰을 만지작거리는 영수와는 달리 승남의 목소리에선 들뜬 기운이 묻어났다. 어떤 집일까, 그 집에서 우리는 어떻게 생활할까, 승남은 엘리베이터 거울에 비친 두 사람을 힐끔거리며 부푼 마음을 진정시켰다. 문이 열렸다.

집은 거실 겸 방 하나, 작은 방 하나, 화장실 겸 욕실 하나, 주방, 세탁기를 놓을 수 있는 다용도실, 베란다로 이루어져 있었다. 작은 평수라 구조라고 이를 만한 것도 없었지만, 직원은 다른 임대주택에 비하면 구조가 잘 빠진 집이라고, 얼마 전에 보일러를 친환경으로 교체해서 가스비도 많이 나오지 않는다고 설명했다.

영수는 대답 없이 작은 방을 둘러보고 다용도실 문을 열어보고 화장실 불을 켰다 꺼보고 거실 겸 방을 지나 베란다로 나갔다. 층이 높아서 그런가 막힘이 없는 건 좋네. 하고 말했다. 승남은 그 타이밍에 숨을 길게 내쉬었다.

"이 집은 우리 집이랑 또 다르네."

단지 앞에서 만난 사내가 느닷없이 현관으로 들어서며 큰 소리로 말했다.

"내가 여기 오래 살아봐서 아는데 혼자 살기에는 이만한 데가 없어. 근데 남자 둘이 같이 살려는 건가? 친구 사이 같은데……."

승남은 일단 웃고 봐야지 싶어서 웃었다. 거실 겸 방인 곳에서 승남과 사내를 번갈아 보던 영수는 승남을 두고 사내 옆을 지나쳐 나오며, 아니요, 혼자 살 건데요, 날카롭게 대꾸했다. 그런 영수를 사내는 못마땅한 눈으로 쳐다보다가 승남을 향해 목소리를 높였다.

"둘 다 나이도 있어 뵈는데 빨리 짝들을 찾아 살아야지. 요즘에는 베트남이고 어디고……."

"어르신, 그만 올라가세요. 이분들도 바쁘시니까."

직원이 말을 끊으며 사내를 현관 밖으로 몰았다.

"아니, 새로 이사를 온다니까 설명, 설명을 해줘야지.

여기가 어떤 곳인가, 뭐 하는 곳인가, 누가 사는 곳인가. 안 그래, 총각? 내 말 무슨 말인지 알지?"

사내는 떠밀려 나오면서도 끝까지 소리쳤다.

"예, 예, 그럼요."

승남은 빈말하며 몸을 움직였다. 베란다에서 거실 겸 방을 지나 맞은편에 있는 주방과 화장실 겸 욕실을 지나 다용도실, 작은 방을 지나 현관까지는 불과 몇 걸음이었는데, 집 밖의 영수는 아주 멀리에 있는 것 같았다. 영수의 얼굴만 보고도 승남은 알 수 있었다. 영수는 마음에 들지 않는 것이다. 누렇게 변색된 벽지가. 물때가 지워지지 않은 싱크대가. 먼지가 수북이 쌓인 창틀이. 덮개가 깨진 조명이. 베란다 하수구에 죽어 있는 벌레 떼가. 술에 취한 이웃이. 전용면적 34.69㎡, 보증금 23,870(천원), 월 임대료 204,800(원)의 임대주택이.

올라올 때와는 다르게 두 사람을 태운 엘리베이터는 지상으로 빠르게 내려왔다.

아파트 단지를 빠져나오는 내내 둘은 침묵했다. 먼저 말을 꺼낸 건 영수였다. 내리막길을 반쯤 내려왔을 때였다.

"어때?"

"어?"

승남은 뜻하지 않은 영수의 질문에 눈을 동그랗게 떴다.

"마음에 드냐고, 저 집."

"뭐, 조금 오래되긴 했는데, 잘만 치우고 정리하면 괜찮을 것도 같은데……."

"그래?"

영수가 뜻밖이라는 듯 되물었다.

"응, 너는?"

"나?"

"어, 너도 살 집이잖아. 너랑 나랑 우리 둘이."

승남은 기대하는 대답이 영수의 입에서 나오길 원해서 '우리 둘'에 힘을 주었다.

"글쎄, 나는 저 집보단 지금 사는 우리 집이 더 나은 거 같은데. 위치로 보나 뭐로 보나."

"거기가 왜 우리 집이야, 거긴 너네 집이지……."

"주말에 맨날 와 있으면서…… 나는 솔직히 말해서 이런 집을 보려고 여기까지 올라왔나 싶어. 다른 집은 안 봐도 될 거 같고. 다 이런 수준일 거 아냐. 그리고 아까 그 사람, 지금이 몇 신데 술에 취해서는, 남의 집에 멋대로 막 들어오고 말이야."

"뭐가 남의 집이야. 거기가 우리 집도 아닌데. 그리고 그 사람이랑 살아? 나랑 살지……."

승남은 수준을 논하는 영수의 말에 별안간 심상하여 빠르게 말을 쏟아냈다. 영수를 쳐다보지도 않고 영수를 앞질러 걸어갔다. 여러 인터넷 사이트를 돌아다니며 정보를 찾고, 서류를 작성하고 제출하며 고생한 지난 몇 달이 다 무슨 의미였나, 힘이 빠졌다. 영수는 그렇게 말한 적도 없는데, 영수가 이렇게 말하는 소리가 들렸다. 남들만큼은 아니어도 남들처럼은 살고 싶어.

둘은 그렇게 내리막길을 다 내려왔다.

"이제 어디로 가?"

영수가 풀 죽은 목소리로 물었다.

"발 아프지? 조금 더 가면 정류장 나와. 거기서 버스 타자."

그새 기분이 누그러진 승남도 멋쩍게 대답했다.

"그냥 택시 타면 안 돼? 둘이 타면 택시 요금이나 버스 요금이나 그게 그럴 거 같은데……."

"돈 때문이 아니라 택실 타고 가는 게 시간이 더 걸릴 것 같아서 그래."

영수는 다시 어깨를 축 늘어뜨리고 정류장으로 향했다.

승남은 잠시 멈춰 서서 영수의 뒷모습을 바라봤다. 실은 자기 말이 의심스러워서였다. 정말 돈 때문이 아닌지. 정말 택시보다 버스가 빠른지. 정말 치우고 정리하면 괜찮을 것 같은지. 그때, 영수가 뒤돌아서서 승남에게 어서 오라고 손짓했다. 그게 일종의 신호처럼 느껴졌다. 지금 나는 나로 꽉 차 있구나. 승남은 알았다고, 알겠다고 고갤 끄덕이며 영수에게 갔다.

둘은 다시 나란히 걸었다.

"근데, 혹시 작은 방 벽에 쓰여 있는 거 봤어?"

승남이 물었다.

"뭐?"

영수가 그게 무슨 말이냐는 표정으로 승남을 쳐다봤다.

"작은 방 벽에 자그맣게 글자가 적혀 있더라고."

"그랬어? 난 못 봤는데. 뭐라고 쓰여 있었는데?"

"철새를 타고."

"철새를 타고?"

"어."

"거기에 그런 걸 왜 써놨을까."

"철새를 타고 먼 곳으로 갈 수 있다면 어디로 가고 싶어?"

승남이 장난기 어린 미소를 지어 보였다. 영수도 따라 웃길 바라는 마음이었다.

"갑자기?"

"응, 갑자기."

그제야 영수가 피식, 웃었다. 그리곤 대답했다.

"나는, 핀란드."

"핀란드?"

"어."

"왜?"

"핀란드에 쿠라고 호수가 하나 있는데, 거기 가보고 싶어."

"쿠?"

"어, 달이라는 뜻이야. 얼지 않았을 땐 여느 호수와 다름없는데 얼면 물 빛이 초록으로 바뀐대."

"초록?"

"응. 초록 달에서 누군가의 이름을 세 번 말하면 그 사람의 가장 작은 소원이 이루어진대."

"가장 작은 소원?"

"어, 큰 소원이 아니라 가장 작은 소원."

승남은 영수의 말에 귀 기울였다. 그래야만 영수의 소

원이 들릴 것 같아서. 묻고 싶었다. 너의 가장 작은 소원이 아니라 가장 큰 소원이 뭔지. 말하고도 싶었다. 나의 가장 큰 소원이 아니라 나의 가장 작은 소원을. 그 소원은 여러 갠데, 비가 와도 곰팡이가 피지 않는 집, 수도꼭지를 틀고 한동안 녹물을 빼지 않아도 되는 집, 화장실 벽 너머에서 들려오는 울음소리를 듣지 않아도 되는 집, 겨울마다 창문에 단열 시트를 붙이지 않아도 되는 집, 바퀴벌레를 잡으려고 여기저기에 약을 놓지 않아도 되는 집, 라꾸라꾸 침대에서 조심스레 사랑을 나누지 않아도 되는 집, 우리 둘이 같이 사는 삶이라고.

"너는?"

영수가 눈빛을 반짝이며 되물었다.

"나? 나는, 우리 집."

"뭔 소리야."

승남은 또 웃었고 대답하지 않았고 그러자 영수가 밝은 목소리로 버스나 타자, 했다. 승남은 택시를 타자, 했다. 왜냐하면 그제야 마스크를 벗고 있는 영수의 얼굴이, 찬바람을 맞아 빨개진 영수의 볼이, 운동화를 구겨 신은 영수의 발이 눈에 들어와서였다.

결국, 두 사람은 정류장 벤치에 꼭 붙어 앉아 버스를 기다렸다. 정류장 안에는 흰 개 한 마리가 바람을 피해 엎드려 있었다. 영수는 한 손으로 개를 쓰다듬었고, 승남은 영수의 다른 한 손을 잡아 자기 외투 호주머니에 넣었다.

　　"엄청 순하네."

　　영수가 생글거리며 말했다.

　　"그러게, 얼굴에 나 순해, 라고 써 있네."

　　"나순해, 이름 좋은데."

　　"넌 안 순해."

　　"너도 안 순해."

　　"이렇게 유치할 수가."

　　승남이 영수의 손을 꼭 쥐며 말했다.

　　"원래 사랑은 퇴행이야. 와, 근데 너무 춥다!"

　　영수가 해맑은 표정으로 자리에서 일어나 두 손으로 팔을 쓰다듬으며 제자리뛰기를 하더니 느닷없이 승남에게 손키스를 보냈다. 참 한결같다. 너는. 승남은 금세 어린아이처럼 기분이 좋아진 영수를 보며 고개를 가로저었다. 몸을 일으켰다. 나순해 씨도 버스 정류장을 등지며 떠났다. 둘은 나순해 씨가 사라질 때까지 한동안 말없이 지켜보다가 버스에 올라탔다.

버스 안은 따뜻했다. 둘은 나란히 앉아 몸을 녹이며 서로의 어깨에 번갈아 머리를 기댔다. 영수가 먼저 눈을 감았다. 승남은 차창에 기댄 영수를 자기 쪽으로 끌어당겼다. 영수가 편안한 표정을 지었다. 꽁꽁 얼어 있던 몸이 녹자 노곤함이 밀려왔다. 승남도 꾸벅꾸벅 졸다 깨기를 반복하다가 혹시나 내릴 정류장을 지나칠까 봐 양손으로 두 뺨을 가볍게 두드렸다. 라디오에서 김광석의 〈너에게〉가 흘러나왔다. 승남은 영수를 만나고 얼마 되지 않아 바다를 보러 간 일을 떠올렸다.

결론부터 말하자면 바다를 보진 못했다. 바다와 가깝다는 숙소에 도착하고 보니 바다를 보려면 택시를 타고 40분은 더 이동해야만 했다. 미련이 남은 승남은 가볼까, 했는데 영수는 본 걸로 치자, 말했고, 그 대신 맛있는 걸 더 먹자, 말한 건 다시 승남이었다.

리조트형 호텔은 기대보다 넓고 깨끗했다. 동남아 일대의 음식을 맛볼 수 있는 작은 식당들부터 저렴한 가격을 자랑하는 파스타 가게와 회전초밥집, 중식당 등이 한 층을 채우고 있었고, 수영장, 사우나, 헬스장 등 부대시설도 훌륭했다. 가장 흥미로운 건 천체망원경 타워였다.

오후내 각자 시간을 보낸─영수는 수영장에서 두 시간

넘게 놀았고, 승남은 방에서 맥주 한 캔을 비우고 낮잠을 잤다—두 사람은 근사한 저녁 식사를 하는 대신 매점에서 가장 맛있어 보이는 샌드위치를 사 들고 천체망원경 타워로 갔다. 승남은 별을 보고 싶었고 영수는 반짝이는 첫 키스를 기대했다. 타워를 올라가면서 둘은 별과 별자리에 관해, 최근 우주여행을 떠났다 돌아오지 못한 억만장자들에 관해 얘기했다.

"무서웠겠지?"

영수가 말했다.

"무서웠겠지. 두고 간 게 많아서. 얼마나 아까웠을까."

승남이 농반진반으로 대꾸했다.

"나쁘다."

"나쁜가?"

"나쁘지."

"더 나쁜 놈들이었을 걸. 다 CEO들이잖아."

"그렇네."

"귀가 얇네."

"그런가?"

"그래."

영수가 승남의 등을 찰싹 때렸다. 날이 제법 어둑어둑

했다. 승남은 가방에서 헤드 랜턴을 꺼내 썼다. 그 불빛에 의지해 둘은 이내 천체망원경이 있는 곳에 도착했고 한순 간 허탈해졌다. 그곳의 천체망원경은 이제 너무 오래되어 서 가까이에 있는 사물조차 볼 수 없었다. 그런데도 그들은 기어이 천체망원경을 사용했다. 500원짜리 동전 두 개를 썼고, 10분을 얻었다. 아무것도 보이지 않았는데 마치 모든 걸 본 듯이 감탄했다. 그들이 이미 별을 품고 있었고 또한 손을 잡고 있었기 때문이다.

천체망원경을 뒤로하고 내려오면서, 초여름의 상쾌한 공기를 들이마시고 내쉬면서, 둘은 이 정도로도 충분한데, 충분해, 라는 말을 주고받았다. 그 말이 왜 달콤하게 들리는 지 승남은 생각하다가 자작나무가 이어지는 길에서 밤이 희 네, 숲이 하얀 건가, 말하는 영수의 입술에 입술을 포갰다.

"이러려고 데려왔군."

영수는 오늘 꼭 하고 싶던 말을 속삭였고, 승남은 오늘 영수에게 해주고 싶었던 말을, 이제 막 발아된 씨앗을 마음 속에 잘 묻어뒀다.

"여기 앉아서 샌드위치 먹고 가자."

둘은 숲 한가운데 자릴 잡았다. 영수가 가방에서 에그 햄샌드위치 두 개를 꺼냈다.

"여기서 먹으니까 더 맛있다."

"나랑 먹어서 그런 건 아니고?"

영수는 그런 말을 아무렇지 않게 할 줄 아는 귀여운 사람이어서 승남은 자연스럽게 영수의 머리를 쓰다듬었다. 영수는 승남을 쳐다봤다.

"랜턴 좀 꺼봐."

"별빛 아래서 보니까 눈동자가 더 빛나네."

승남은 너도, 하고 대꾸했다.

벨이 울렸다.

버스에서 내린 두 사람은 서둘렀다. 빠르게 움직여야 관리사무소 점심시간에 걸리지 않을 것 같았다. 다시 한참 걸었다. 왜 임대아파트는 죄다 산꼭대기에 있는 거야. 영수의 말을 듣고도, 지도에서 볼 때보다 멀긴 머네 싶으면서도 상민은 조금만 더 힘내자, 영수를 어르고 달랬다. 언제부턴가 영수는 입을 다물었다. 지금이라도 택시를 부르자고 할까, 앞서 걷던 승남이 뒤를 돌아봤을 때,

"우리 둘이 꼭 같이 살아야 되는 건 아니잖아."

영수가 말을 뱉었다.

승남은 정신이 번쩍 들었다. 참고 싶지 않았다. 영수가

가까이 오기를 기다렸다.

"누가 같이 살자고 애원했어. 너만 혼자 살고 싶은 거 아니야. 나도 혼자 살고 싶어. 그러니까 그만 좀 해! 누군 바쁜 일 없는 줄 알아. 나도 바빠. 나도 내 할 일 못 하면서, 잠도 못 자면서 이러고 있어. 진짜 오늘 하루만, 어, 오늘만 네가 좀 참아주면 안 돼? 오늘만큼은 네가 나를 위해주면 안 되냐고? 그냥 조금만 더 우리를 생각해주면 안 되냐고. 그게 그렇게 어려워? 계속 힘들다고 할 거면 그냥 가. 나 혼자 돌아볼 테니까. 지친다, 진짜."

영수는 참고 있는 것 같았다. 그게 승남 때문인지, 운동화 때문이지, 날씨 때문인지는 몰라도. 영수는 승남 앞에 가만히 서 있었다. 승남이 다시 등을 보일 때까지.

두 번째 견본까지 둘러보고 나니 점심 무렵이었다.

종일 캔 커피 하나로 버틴 둘은 마을버스 정류장 앞에 자리한 자그마한 국숫집으로 들어섰다. '햇빛 식당'이라는 이름답게 가게 안으로 볕이 환하게 들이쳤다. 그런데도 빛나는 곳을 두고 승남과 영수는 습관처럼 구석 테이블에 자리 잡았다. 그리곤 잔치국수도, 비빔국수도 아닌 만두와 돈가스를 주문했다.

음식이 나오길 기다리며 승남은 영수 앞으로 컵을 옮겨주고 영수는 승남 앞에 수저를 놓았다. 승남은 냅킨으로 상을 한 번 스윽 훔쳤고 영수는 냅킨으로 입 주변을 닦았다. 승남은 폰을 확인했고 영수도 괜히 폰 액정을 소매로 문질렀다. 말할까? 승남은 생각했지만 아무런 말도 꺼내지 않았다. 영수 역시 말할까 생각했지만 아무런 말도 하지 않았다. 영수는 언제나처럼 승남이 먼저 말 걸어주길 바랐고 승남은 이번만큼은 영수가 먼저 말 걸어주길 원했다. 음식이 나왔다. 승남은 돈가스를 가로, 세로로 먹기 좋게 썰었다. 영수는 승남의 앞접시에 만두 하나를 옮겨 담았다.

"임대주택에서 살면 좋을 것 같아?"

영수였다.

"너는 싫어?"

"아니. 싫다기보다는 좀 낯설기도 하고 그러다 보니까 무섭기도 하고 엄두도 나지 않고……."

"혼자 사는 게 아니잖아. 이번에는."

"그렇지…… 우리 둘이 같이 사는 거지……."

"나는 사실, 오늘 좀 들떠 있었어. 너랑 처음으로 함께 살 집을 보러 다니는 거니까…… 그래서 새벽까지 영상 편집을 해서 넘겨놓고 왔어. 오늘만큼은 다른 데 한눈팔기 싫어서. 그래서 늦은 거야……."

영수의 얼굴이 일순 일그러졌다. 승남은 모르는 체했다. 만두에 간장을 살짝 끼얹고 한 입 베어 물었다. 영수도 반듯하게 썰린 돈가스 하나를 입에 넣고 우적우적 씹었다. 둘은 빛나는 곳으로 무심히 시선을 던지면서 말없이 음식을 다 먹었다. 때마침 눈송이가 휘날렸다. 두 사람은 통유리창 쪽으로 의자를 돌려 앉아서 따뜻한 보리차를 홀짝였다. 내리면서 녹아 사라지는 맑은 눈이었다.

국숫집을 나와 승남은 담배에 불을 붙였다. 영수는 몇 걸음 떨어져 섰다. 줄지어 건설된 뉴타운 아파트들이 그들 눈앞에 거대하게 솟아 있었다. 잠시 후, 마을버스 한 대가 정류장에 도착했다.

승남은 영수에게 문자를 보냈다. 영수도 승남에게 답장했다.

마지막 날이었다.

수영

GHOST
DUET

더 깊고 조용한, 더 깊이 고요한, 더 깊은 고요 속에서⋯⋯.

　수영은 승객이 적은 지하철 안에서 같은 듯 다른 문장을 중얼거렸다. 벌써 3주째 주말 출근 중이었다. 자기가 맡은 번역서 때문이었다. 팀원 전체가 한 달 하고 보름에 한 권씩 책을 밀어내는 도중에 갑자기 끼어든 원고였는데, 부서장인 종현은 회의 때마다 이 책은 마감을 그냥 치는 게 아니라 반드시 쳐야 한다고 강조했다. 저자 디바 아몬의 '존재 서사'를 바탕으로 제작된 넷플릭스 영화 공개일에 맞춰 책을 출간해야 해서였다. 사원이나 대리급 팀원들이야 그러든지 말든지 할 수 있어도 종현과 긴 시간 합을 맞춰온 수영으로선 그럴 수 없는 노릇이었다. 사무적인 의리보단 실무적인 정 때문이었고, 그런 데 이끌렸다가 신세를 한탄

하는 사람을 한둘 본 게 아님에도 수영은 작업을 떠안았다. 야근과 주말 근무를 반복했다. 그렇다고 흔쾌한 마음은 아니었다.

수영에게는 주말 루틴이 있었다. 금요일 저녁 SF 고전 영화를 보는 음주 감상회로 시작해 토요일의 늦잠과 어항 청소, 장보기를 겸하는 저녁 나들이 그리고 일요일의 외식과 과학 잡지 읽기로 마무리되는 생활이었다. 내향형 인간의 표본이 되기로 했냐며 친구들에게 한소릴 들었지만, 수영은 여간해선 변함없는 사흘 덕분에 새로운 한 주를 매번 평온하게 맞이했다. 평정심. 열네 살에 당한 불의의 사고 이후 수영은 감정 기복이 없이 평안하고 고요한 마음을 소중하게 생각했다. 변수가 없는 삶을 인생의 목표가 아니라 목적으로 삼았다. 그렇게 살고 싶다기보다는 그렇게 살아야만 할 것 같았다.

수영은 지금도 종종 그날 제시간에 일어나 계획대로 친구들을 만나고, 버스를 타고, 대교를 건너 쇼핑몰에 도착했다면…… 하고 자신을 내면의 벽으로 몰아세웠다. 이미 단단하게 굳은 벽이 아니라 여전히 물컹해서 언제든 자신을 삼켜버릴 수 있는 벽 앞에서 수영은 버티고 또 버티며 되풀이하여 상기했다. 한동네에 살며 한 학교에 다녔던 친구 네

명 중 단 한 명만이 생존한 그 사고의 유일한 변수가, 약속 시간 15분을 어긴 자신이었다는 사실을. 자신 때문에 세 명이 허망한 죽음을 맞이했다고. 그래야 살아남을 수 있었다. 계획을 세우고, 계획한 대로 실행하고, 계획을 수정하고, 보완하면서 계획에 가깝게 계획을 마무리하면서. 그날 이후로 수영은 수영의 삶이 아니라 '혼자' 살아남은 수영의 삶을 살았다.

수영은 계획에 없던 편집 일을 하며 티 나지 않게 시름시름 앓았다. 약지와 중지에 작은 물집이 촘촘히 올라왔고, 안구건조증과 비염이 심해져 편두통을 달고 살았다. 그러다 보니 사람이 까칠해져서 왜 이런 책을, 넷플릭스가 판매에 얼마나 도움이 된다고, 부서장씩이나 됐으면 부서원들 업무 강도도 생각하면서, 본부장에게 할 말도 하면서, 그러라고 돈 더 받는 거 아닌가, 본인도 매번 출간 일정을 미루면서, 마음이 꼬였고 부서장에게 불만을 토로하는 대신 엄하게 후배를 잡았다. 결국엔 후배에게 점심을 사고. 루틴이 진부하네. 자책했다.

수영은 교정지 사이에 연필을 끼우고 배달 앱을 실행했다. '잠깐! 이 주소가 맞나요?'라는 메시지가 떠서 전광판을 보니 호공역이었다. 호공에는 바싹불고기, 간장게장, 딤섬,

설렁탕, 족발, 동태전 맛집이 있고, 무엇보다 회식 맛집이 있지. 수영은 브로콜리 플레이트가 선정한 '호공역 회식 맛집 리스트'를 떠올렸다. 수영이 가장 좋아하는 집은 전주회관이었다. 막걸리 주전자를 하나씩 비울 때마다 새로운 안주상이 차려지고 최종에 가서는―열두 주전자를 비워야 하는데 주인의 기분에 따라 여덟 주전자로 줄기도 했다―문어삼합이 나왔다. '전주회관 끝판왕'이라 불릴 정도로 모양새와 양이며 맛이 좋아서 회식 분위기가 무르익으면 누가 먼저랄 것도 없이 건배사는 무조건 '삼합을 위하여'가 됐다. 누구나 먹어봤지만, 누구도 제대로 맛본 기억이 없는 안주는 언제나 술꾼들의 도전 의식을 불러일으키며 또 다른 회식의 빌미로도 애용됐다. 그런 탓에 주중 저녁에도 전주회관은 만석이었다. 1층부터 3층까지 테이블이 빼곡히 들어찬 넓은 가게가 매일 인산인해를 이루다 보니 합석과 즉석 만남, 드물지만 연애와 결혼이라는 달콤한 러브 스토리가 생겨나기도 했다. 그것이 또 전주회관의 명성을 드높였다.

저세상으로 떠난 단골들도 예약해야만 자릴 잡을 수 있다는 전주회관에 드문드문 빈자리가 생겨난 건, 양과 맛과 모양새와는 상관없이 한 온라인 커뮤니티에 올라온 글 때문이었다. 임신과 간통이라는 자극적인 단어가 뒤섞인 '불륜의 성지 ○○회관'이라는 게시물은 주작이냐 진정성이냐 하는 논란을 등에 업고 SNS를 통해 일파만파 퍼졌고, 놀랍게도 가게 규모는 반년 사이에 3층에서 2층으로 줄어들었다. 2층에서 1층이 되는 데는 그보다 오랜 시간이 걸렸지만, 결국 가게는 호흡기성 전염병의 유행과 종식에 맞춰 폐업에 이르렀다. 더 놀랍게도 수영은 '세전' 시절에—사람들은 1층 전주회관을 세기말의 전주회관, 줄여서 세전이라고 불렀다—그곳에서 한 사람을 만났다. 같은 회사 제작부 김하늘이었다.

역시나 시작은 삼합을 위한 게릴라 회식이었다.

술에 얼큰히 취한 입사 1년 차 외향 표본 하늘이 내향 표본 수영 옆에 앉아 선배 제가 따라 드릴게요, 선배 이것 좀 드세요, 저랑 선배랑 취향이 비슷하네요, 선배 저랑 영화 한번 보러 가시죠, 나긋나긋하게 굴었고, 수영은 참으로 오랜만에 위하고 위해주는 분위기에 취해 후배의 '나이스함'을 느긋하게 받아들였다. 느긋함은 하늘의 입장에선 여지가 됐고, 여지가 된 김에 여지를 줄 생각이 (별로) 없던 수영과 하늘은 단둘이 만날 날을 잡았다. 곧 만났고. 다시 취중이 되어 두 사람은 삼합을 위하여 대신 오늘부터 우리는,

하며 건배했다.

　아니 어떻게 둘이? 누가 대시한 거래? 두 사람을 아는 모두가 궁금해하고 지레짐작하고 아직도 만난대? 하는 사이 하늘은 김 대리가 되고, 수영은 대리에서 과장이 되었다. 대리와 과장의 연애란 일하는 사람과 일해야만 하는 사람 간의 노동이었기에 둘은 때때로 사랑을 버겁게 느끼고 피곤해했다. 혼자가 되길 바랐다기보다는 혼자만의 시간이 필요했다. 하여 최근에 와 두 사람은 둘의 연애가 전주회관 문어삼합 같다는 데에 합의했고(끝판왕 뒤엔 뭐가 나오는데?), 자신들이 '세기말'에 접어들었다는 것을 인정했다. 냉소와 염세가 만연한 시대지만, 동시에 새로운 시대에 대한 전망이 모색되는 시기로.

　'체크아웃은 했으려나.'

　수영은 메뉴를 보는 둥 마는 둥 하며 하늘의 오늘을 생각했다. 어제 세기말의 하늘은 연차를 내고 온라인 모임을 기반으로 하는 멤버십 서비스 업체로 비밀리에 면접을 보러 갔다. 보러 간 김에 고등학교 동창들과 1박 2일 여행을 떠났다. 간 김에? 면접과 여행이 대체 무슨 상관인가 싶었지만, 또 상관이 있다 싶기도 해서 세기말의 수영은 하늘의 계획에 토를 달지 않았다. 흔쾌히…… 아니 흔쾌한 척 잘 다녀오라고 했다. 왜 허락받는 기분이지. 하늘의 대답이었고, 그러게 왜 허락하는 기분이 들지. 수영은 맘처럼 답하지 못하고 어버버 전화를 끊었다. 그 뒤로 지금까지 하늘에게선 연락이 없었다.

면접은 어떻게 됐어, 숙소엔 잘 도착했어, 이제 생각났어, 같은 연인들의 형식적인 문답에 시큰둥한 그였음에도 어젯밤 수영은 괜스레 외로웠고 골똘히 생각했다. 세전 시절에 두 사람이 나눴던 이야기라든가. '일하고 일하고 사랑을 하고' 시집 제목을 폰으로 찍어 보내며 주고받았던 시시콜콜한 대화들에 관하여. 가령, 일반적인 연인들의 미래가 우리에게 끼치는 영향은? 수영은 그런 복잡다단한 생각의 타래를 감았다 풀며 마침내 자신의 처지를 남과 비교하는 데에 이르렀다.

나는, 왜.

이 길고도 긴 물음을 앞에 두고 수영은 자신의 존재 서사를 썼다 지우길 반복했다. 연락을 먼저 해볼까. 나한테서 왜 연락이 없는지 하늘도 생각했을까. 이렇게 문을 닫게 되나 보네. 수영은 하늘에게 먼저 말해야겠다고 마음먹었다. 그 말이 연애를 폐업하자인지, 리모델링을 하자인지는 결론 내지 못했다.

수영은 연애의 속이랄까, 속풀이랄까, 속사정을 헤아리며 팔미낙지한마리수제비의 메뉴를 살펴보다가 주문하지 않고 앱을 종료했다. 탕비실 냉장고에 있는 먹다 둔 샌드위치가 떠올라서였다. 때마침 '와일드'에서 알림 톡이 도착했다. '타운 노아'에 입주하게 될 새로운 존재를 소개하는 공지였다.

'이래는 한국에서 맞춤제작으로 생산된 AI로 독일의 한 가정에서 자랐습니다……'

수영은 이래의 존재 서사를 따라 읽으며 환영의 의미로 소돌해변에서 주워 온 몽돌을 이래에게 선물하기로 마음먹었다. 출시 알람을 설정했고 교정지 사이에 끼워둔 연필을 다시 집어 들었다.

저는 다리 근육이 선천적으로 발달하지 못하는 병 때문에 일곱 살 무렵 한 다리를 절단했습니다. 열여섯 살이 되면서 남은 다리마저 잘라야 했죠. 이후 많은 사람이, 너무 자주, 왜 다리가 없냐고 저에게 물어왔습니다. 그때마다 "저는 인어공주거든요" 웃으며 대답했죠. 사실이었어요. 저는 다리를 잃기 전부터 수영을 배웠고, 다리를 잃은 후에도 수영을 즐겼거든요. 지금은 특수제작된 지느러미 슈트를 입고 산소통도 없이 바다에 잠수해 항유고래의 소리를 연구하는 학자가 됐고요. 우리는 두 다리로 나아갑니다. 두 다리가 아니어도 나아갈 수 있죠. 다리가 아니어도 나아갈 수 있고요. 도전, 그 자체가 우리를 더멀리 나아가게 만들기 때문입니다.

수영은 집중이 잘 되지 않는데도 교정지를 애써 읽어내려갔다. '더'와 '멀' 사이에 교정부호를 표시하다가 디자인팀 선배 주미에게 톡을 보냈다.

－선배, 산 타는 중?

물음표를 남기기 무섭게 1이 사라지며 답이 돌아왔다.

－배 탐.

－배를 탔다고?

－어.

－뜬금없이 무슨 배? 오늘 등산 간다고 하지 않았어?

－산 타려고 배 탔어.

－아니, 무슨 산을 타는데 배까지 타?

－내동도 삼산이라고, 거기 꼴뚜기무침이 죽여주거든.

출근 중?

　-역시 선배가 찐이네. 이제 구절.

　-구절역에 두부전골 죽여주는 데가 있는데. 연자네 맷돌집이라고. 내려서 먹고 가. 다 먹고 살자고 하는 짓인데.

　-그럴까?

　-씹어 먹어, 허종현을.

　-ㅋㅋㅋ 그래야겠네.

　-주말에는 대충 살자, 대충.

　-네, 선배도 대충 잘 놀다 와요. 먹는 건 야무지게 먹고.

　-냠냠.

　수영은 늘 '냠냠'으로 대화를 정리하는 주미 선배를 그리며 가볍게 미소 지었다. 대충 사는 것 같지만 대충 살지 않는 주미 선배. 4첩 반찬 도시락을 두 개씩 싸 들고 다니며 점심을 먹고, 술 한 잔을 마셔도 육해공 조합을 고려해 안주를 주문하는 주미 선배. 생각이 많은 직장인은 이미 직장인이 아니야. 생각을 오래 하지 마. 일하며 사는 거 뭐 없어. '먹고 살자'에서 '잘 먹고 잘 살자'로 나아가는 거지. 이런 피가 되고 살이 되는 말씀을 취중에도 아니 오히려 취중에 더 하는 주미 선배. 나를 처음으로 도와준 동료가 아니라 나에게 처음으로 도움을 청한 주미 선배. 오래 만난 여자친구에게 여전히 존댓말을 쓰고 어떻게 됐는지, 잘 도착했는지, 뭐 하고 노는지 꼬박꼬박 얘기하는 주미 선배.

수영은 주미의 평평한 마음을 동경했다. 그래서 주미에겐 뭐든 말했다. 얼마 전에도 와일드와 디바 아몬의 존재 서사와 회사를 그만둘지 고민 중이라는 사실을, 하늘과의 연애가 지지부진한 것과는 별개로 다른 사람을 한번 만나보고 싶다는 욕망을 꾸밈없이 털어놓았다.

"알지? 더 멀리 가려면 버려야 하는 거."

수영은 주미의 말을 여러 번 곱씹으며 자신이 버려야만 하는 것들을 자주 생각했다. 신기하게도 그런 생각이 살아남은 수영을 조금씩, 때론 별안간 그냥 수영으로 변화시켰다. 평정을 유지하려면 불가능하다고 여겼던 세계가 가능한 세계로 바뀌었다.

사고 이후 처음으로 수영은 죽은 친구들과 찍은 사진을 찾아봤고, 그들과 주고받은 편지를 읽었으며, 고향에 내려가거든 친구들의 부모님을 찾아 봬야겠다고 마음먹었다. 일련의 흐름 속에서 어느 때보다 선명한 인생의 형태와 움직임을 보았다. 그 변화는 수영을 일렁이는 감정 속으로 밀어넣었다. 한 사람의 연인도, 한 직장의 과장도, 사고 생존자도 아닌 자기 자신인 채로 인생의 물살을 가르며 씩씩하게 나아가는 꿈을 꾸도록 했다. 어디로 가야 할지 모르는 채로. 알 필요도 없는 채로. 물속에는 정해진 길이 없으니까.

그러니까 수영은 확신했다. 디바 아몬에 관한 모든 사실이 허구에 불과할지라도 이 모든 가능성의 중심에는 디바 아몬이 있다고.

디바 아몬은 미국의 종합 IT기업 글로리가 서비스하는 메타버스 플랫폼 와일드가 인공지능에 기반하여 3D 그래픽으로 구현한 가상 인간이었다. 와일드는 디바 아몬을 포함하여 타운 노아에 사는 가상 인간 열두 명을 개발했다. 그들에게는 각각 특색 있는 존재 서사가 부여되어서, 와일드의 가상 인간들을 다른 플랫폼의 가상 인간들과 구분되게 했다. 사람들은 그들의 생김새뿐만 아니라 그들이 살아온 삶의 궤적에도 깊게 감응했다. 그중에서도 두 다리가 없는 27세 흑인 여성 디바 아몬은 가장 큰 주목과 관심을 받았다. 불행 포르노라고 비판하는 사람들도 있었지만, 그보다 더 많은 사람이 장애를 이겨내야 할 역경이 아니라 '장애-있음' 자체로 받아들인 그의 휴먼 스토리에 감동했다. 인기에 힘입어 디바 아몬의 존재 서사는 '퍼블리싱 와일드'를 통해 연재 서비스됐고 뒤이어 미국의 한 출판사를 통해 종이책으로도 출간됐다. 그 도서는 가상 인간이 스스로에 관해 쓴 첫 번째 책으로 그해 〈내셔널 북리뷰〉 베스트 50에 선정됐다.

수영은 디바 아몬의 존재 서사를 읽고 이야기의 탄생 배경을 검색해보면서 지금껏 자기 삶 속에 적힌 바 없는 키워드를 하나둘 궁금해했고 경험하려 했다. 이를테면 호기심이라든가 모험심이라든가 장애는 약점이 아니라 강점이 되기도 한다는 자긍심이라거나 가끔은 제멋대로 굴 필요도 있다, 인생은 일방통행이 아니므로 같은 식의 자유로움을. 쉽지는 않았다. 지금처럼 계속 살아왔으니까. '살아왔음'에서 '살아 있음'으로 건너가며 수영은 자신이 꽤나 좁은 사람이었음을 자인했고 '더 넓은 세계로 오세요' 결국에는 와일드의 일원이 되었다. 그곳이 가상 세계가 아니라 또 다른 실제 세계임을 받아들였다. 이름을 지었다. 모든 것이 가능한 세계에서, 다른 삶을 꾸렸다. 새로운 친구들을 만나 교류했고, 가상 인간들의 이웃사촌이 되고자 서비스를 프리미엄으로 업그레이드했다.

타운 노아의 4,160번째 입주자 '스위밍'은 그들과 함께 조깅을 했고, 브런치를 나눠 먹었다. 개당 150원인 하트를 쏴서 서로의 반려동물을 아껴줄 수 있었는데, 하트의 개수가 일정 정도 쌓이면 '버블존'에서 열리는 비건 파티에 초대

되는 혜택이 주어졌다. 스위밍은 그 파티에서 이름이 선샤인인 사람에게 호감을 느꼈고, 촉감 텐트에서 그와 사랑을 나누려고 별도의 장비를 사고 개별 이용료까지 결제했다. 선샤인은 스위밍이(그리고 수영이) 처음으로 사랑을 나눈 여성이었다. 둘은 그 뒤로도 자주 촉감 텐트를 사용했다.

무엇보다 수영은 디바 아몬과 자주 대화하면서 그녀처럼 프리다이빙을 배워 해저를 유영하는 꿈을 품었다. 할 수 있는 한 더 멀리, 더 깊이 나아가보고 싶었다. 오로지 자신에게 집중하며 다른 생명의 박동에 감응하는 스위밍, 아니 그때만큼은 수영이길 바랐다. 수영에게 디바 아몬은 실재하는 가상 인간이었다.

수영은 교정지 한쪽에 그린 지느러미 슈트를 손가락으로 쓰다듬었다. 새로운 소재로 비늘의 결까지 살려 제작된 이 슈트는, 하며 상상의 나래를 펼쳤다. 전화가 걸려왔다. 미자 여사였다.

"여보세요?"

"좋은 아침."

"어쩐 일이야, 아침부터?"

"야! 엄마가 좋은 아침 했으면 너도 좋은 아침이라고

해야지."

"좋은 아침."

"선봐라."

"어?"

"(수영아! 순임이 이모야. 진짜 괜찮은 사람이래) 순임이 이모 아는 사람이……."

"엄마, 나 출근길이야."

"거봐, 니가 가정이 없으니까 남들 다 쉬는 토요일에도 그러고 있는 거 아냐(수영아! 이모가 진짜 남한테 소개해주기 아까워서 그래)."

"……알겠어."

"뭐?"

"알겠다고. 선본다고."

"우리 수영이가 오늘은 쉬운 길로 가네."

"내가 여기서 선 안 본다고 하면 엄마는 또 선 말고 그냥 소개받는 자리라고 생각하라고 하겠지. 그러면 내가 또 그런다고 선이 소개팅이 되냐고 할 테고, 그럼 또 엄마가 누가 당장 결혼하래. 그냥 한번 만나보란 거지. 사람 인연은 모르는 거잖아. 할 테고, 내가 또 인연이 억지로 되는 게 아니야, 티키타카하다가 둘 다 기분 잡쳐서 전화 확 끊는 거,

드라마처럼 너무 전형적이잖아. 나랑 엄마랑은 그러지 말자고. 볼게. 본다고. 날 잡아."

"(야, 수영아, 이모가 너 때문에 웃는다. 진짜, 파이팅!) 밥은?"

"사무실 가서 먹어야지."

"근데 뭔 놈의 회사가 주말에도 일을 시키냐?"

"시키는 거 아냐. 내가 그냥 하는 거지."

"아니, 시키지도 않는데 그걸 왜 해. 바보같이."

"관둘까?"

"어, 관둬. 관두고 시집가."

"우리 엄마, 갑자기 어려운 길로 빠지네."

"(엄마가 네 생각 많이 한다, 수영아) 그 사람한테 연락처 줄 테니까. 그렇게 알고 있어. 밥은 비싼 걸로 챙겨 먹고. 하늘인 별일 없지?"

"없어. 그리고 엄마……."

뚝. 깜박이는 통화 기록을 보며 수영은 그리고 엄마, 생각을 많이 해도 되는데 오래는 하지 마. 하늘이도 엄마 안부 종종 물어봐, 하고 중얼거렸다. 수영의 짝꿍으로 하늘을 영 미덥지 않게 생각하는 미자 여사였다.

미자 여사가 하늘을 만난 건 딱 한 번뿐이었다. 정식으로도 아니었고. 수영이 담낭 제거 수술을 받으려고 병원에 입원했을 때 우연히 마주친 거였다. 어쩔 수 없는 서먹함 속에서 수영이 하늘을 회사 동료라고 소개함과 동시에 하늘은 수영이 애인입니다, 말했고 미자 여사는 동료면서 애 인이구나 이해하는 대신에 하늘이가 우리 수영이를 더 좋아하는구나, 하고 받아들였다. 수영의 태도도 한몫했다. 뭐, 그냥, 지금은, 뭐, 옆에 있으면, 나이도 나보다 어리고, 뭐, 아직은, 맘이 편하니까, 뭐, 좀 더 봐야지. 그날, 미자 여사는 수영에게 말했다. 엄마는 무조건 네 편이야. 네가 하늘이랑 연애 해도 결혼을 해도 이혼을 해도 무조건 네 편. 걔는 자기 엄마가 편이겠지. 그러니까 너도 계속 엄마 편 해. 괜히 어려운 길로 풀어갈 거 없어. 인생은 쉬운 길로. 그러더니 약속을 지키기라도 하듯 그날부터 하늘을 챙기면서도 수영을 더 챙겼다.

어려운 엄마의 삶에서 벗어나 이제는 미자 여사의 삶을 쉽게 사는 엄마를 수영은 생각했다. 남편이나 자식보다는 친구들과의 우정 여행을 더 소중하게 생각하는 사람의 존재 서사를. 그것은 어쩌면 스위밍의 미래가 될 수도 있었다.

수영은 와일드를 열었다.

현재 스위밍은 익스트림 서프라이즈와 특수장비 전문

회사 웨타와 프라다가 컬래버로 만든 보디슈트 스타일의 인조 지느러미를 구매하려고 오픈런을 하는 중이다. 개장까지 12시간 04분 26초.

지금 존재 서사를 업데이트하시겠습니까?

수영은 확인 버튼을 터치해 텍스트를 입력했다.

스위밍. 타운 노아 S존에 사는 스물일곱 살 장애 여성. 수중에서 수어로 〈Part of Your World〉를 부르는 영상이 화제가 되면서 이름 대신 '농아 인어공주'라고 불리기도 함. 그 때문에 악성 와일러들에게 시달림(공주가 병신이라니)…… 하지만 스위밍은 그런 혐오에도 아랑곳하지 않고 대서양 프리다이빙에 도전하기 위해……

수영은 '익웨프 슈트'를 입고 프리다이빙을 하고 이를 와일드에 업로드하는 스위밍의 존재 서사를 쓰며 기뻐했다. 그 이야기는 이전의 스위밍과 이전의 수영에게 전혀 다른 꿈을 선사했기에. 수영은 쓰면서 이 세계를 잊었다. 다른 세계에서는 계획대로 물거품이 되고 싶지 않았다.

"다음 역은 망원, 망원역입니다."

수영은 폰을 한 손에 들고 두꺼운 교정지를 접어 에코백에 넣었다. 교정지 사이에 끼워둔 연필이 바닥으로 떨어졌다. 데구루루 굴러가는 연필을 가만히 지켜봤다. 누구도 주워주지 않는. 어쩐지 수영 자신도 주울 생각이 없는. 연필이야 많고 많으니까. 연필이 아니어도……. 수영과 눈이 마주친 한 승객이 연필을 주워 수영에게로 걸어왔다. 문이 열렸다. 그를 못 본 체하고 수영은 휠체어 바퀴를 앞으로 힘껏 밀었다. 저기요. 수영은 돌아보지 않았고 그가 던진 연필이 수영 옆으로 정확히 떨어졌다. 문이 닫혔다. 멀리 가려면 버려야 한다. 지금부터가 시작이었다. 하늘이 메시지를 보내왔지만, 수영은 지상으로 올라가기 위해 움직이며 속삭였다.

스위밍은 수영의 존재 서사를 업데이트했다.

* 디바 아몬의 존재 서사는 뉴질랜드에 사는 여성 나디야 베세이Nadya Vessey에 관한 기사를 참고해 만들었다.

그때는
알겠지

GHOST
DUET

어제는 절망했다.

대학 동기들과 은사인 박 교수님 손자 돌잔치에 갔다가 뷔페에서 저녁을 먹는 둥 마는 둥 하고 인근에서 술을 마셨다. 4차로 간 곳이 人生의 하이라이트였다. 나무로 골조를 잡은 다찌 테이블로 주방과 홀이 나뉘어 있었고, 홀에는 테이블 대여섯 개가 소형 전축과 모니터, 고장 난 TV 여러 대를 겹겹이 쌓아 올린 구조물을 중심으로 산발적인 듯 일정하게 놓여 있었다. 마감 시간이 임박해서인지, 원래 그런지 손님이 없었다. 그런데도 웃는 얼굴의 사장이 특이했다. 말끝마다 다, 나, 까를 붙였다. 듣자 하니 얼마 전까지 직업군인으로 일하다 가게를 열어서 아직 군인 물이 덜 빠졌다고 했다. 직업군인의 세계라면 나도 조금은 아는지라 어디서 근무하셨냐고 물었더니 뜻밖에도 형철이 근무하는 와수리였다. 제 친구도 와수리에서 직업군인으로 일하는데. 내가 말하자, 대한민국이 좁지 말입니다. 사장이 대답했다. 술집에서 와수리 직업군인 만남. 당직 근무 중인 형철에게 메시지를 보내볼까 하다가 나는 괜히 선후를 건드렸다.

"야, 아리랑을 주제로 석사도 하고 박사까지 하려는 건 꼼수 아니냐?"

"빨리 시간강사라도 해야 그나마 인생에서 먹구름이 걷히지, 새끼야."

선후가 그런 공격으론 어림도 없지, 하는 얼굴로 쏴붙였다. 그러고 보니 이제 선후에게는 부모도, 형제도, 애인도 없었다. 선후도 하루빨리 의미 있는 사람이 되고 싶겠지. 일찍이 부모를 여의고 누구에게도 기대어 살지 않았는데, 자수성가하여 권세를 누리는 삶을 선후라고 왜 꿈꾸지 않겠는가. 나는 생각했고 생각과는 별개로 "새끼 성질머리는. 내가 연옥 씨였어도 너랑 헤어졌다, 새끼야"하고 새끼를 두 번 말했다가 다영에게 기습적인 핀잔을 들었다.

다영의 술자리 핀잔은 대학 시절부터 대단했다. 그녀에게 생핀잔은 없었다. 그녀의 꾸짖음은 말을 하고 또 하는 주사와는 다른 무언가를, 그때는 감히 알려 하지 않았으나 지금 와 생각해보면 인생의 진리를 품고 있었다. 인생은 늦었다 싶으면 늦은 거다, 평시에도 늘 재난에 대비해야 한다, 가야 할 때를 알고 가는 이의 뒷모습은 초라하다. 그 시절 속 우리는 인생의 참가치를 설파하는 다영을 앞에 두고 또 인생의 참치냐, 평시에도 늘 다영이를 대비해야 한다고 놀리곤 했는데 그럴 때마다 다영은 눈을 흘기며 상대방의 이름을 다시 조곤조곤 부른 후에 본격적으로 핀잔을 주었다.

"영락아, 최영락 님, 다시 한번 말하지만 너나 잘 살자. 너 그 군바리한테 돈 빌려줬다며?"

나는 선후를 쳐다봤다.

"야, 다영이가 우리랑 남이냐?"

선후는 다영을 쳐다봤다.

"님, 쪽팔린 건 아시나 봐요. 그 나이에."

다영은 나를 쳐다봤다. 내 나이가 뭐, 어때서, 농반진반으로 대답하려는데 마흔이란, 뭐 어떤 나이인 것도 같아서 입을 꾹 다물고 찌그러져 있었다.

"다영아, 쟤가 형철 씨랑 사귄 게 몇 년이냐. 그 정도는 할 수 있지."

셋이 건배했다. 잔에 남은 술은 제각각이었는데 모두 깨끗이 잔을 비웠다. 선후가 빈 병을 흔들며 맥주를 더 시켰다. 같은 거로 드립니까, 사장이 묻자 내가 네, 대답했고,

다시 사장이 좋습니다. 제가 와수리 친구분을 생각해서 특별히 타이거로 라임맥주 제조해드립니다. 대화를 이었지만, 누구 하나 신경 쓰는 이가 없었다.

사장은 곧 라임 한 조각을 넣고 얼음과 맥주로 꽉 채운 500시시 잔 세 개를 내왔다. 술에 덜 취했더라면 그렇게까지 극적인 맥주의 맛은 아니었을 텐데, 나와 다영은 평시에 먹는 맥주보다 더 맛있다. 그건 맥주도 아니었다. 인생 맥주, 라며 연신 감탄했고, 선후는 우리를 말없이 지켜보며 맥주를 한 모금 마시더니 인생이 쉽네, 쉬워. 막말로 이게 타이건지 카슨지 어떻게 아냐, 말했다. 야, 맛이 다르잖아, 맛이. 혀에 감기는 게 달라. 내가 말했고, 저기요 유선후 님, 내가 내 돈 주고 맥주를 마시는데 그딴 소리 들으며 처마셔야 할까요, 말아야 할까요. 다영이 평시처럼 한마디 거들었는데 그니까 차였지, 하며 선후가 대화의 맥락을 무시하고 기어이 자기가 하고 싶은 말을 꺼냈다.

"지금도 이해가 안 돼. 4년을 사귀었는데, 동거한 지 3개월 만에 헤어지자고 하는 게 정상이냐. 내가 진짜 뭐를 그렇게……."

"진세이 노 하이라이또, 4년까지가 인생의 하이라이트였나 보지."

다영이 더는 들어주지 않겠다는 듯 말을 끊었다.

"너도 연옥이가 세탁기에 속옷이랑 양말 같이 넣고 돌리는 거 죽을 만큼 싫었다며. 연옥이도 너한테 그런 게 있었겠지, 아무리 참으려고 해도 참아질 수 없는 게. 말 못 한 게 있겠지."

내가 연옥과 선후 모두를 이해하려고 하자,

"이 새끼는 꼭 연옥이 편을 들더라. 야, 너 내 친구야, 새끼야."

선후가 다영은 가만두고 애꿎은 나를 들이받았다.

"유선후 님, 몇 짤? 내가 네 편이라서 하는 말인데, 하연옥 님을 보살로 인정하는 사람이야, 내가."

다영이 멀뚱멀뚱 있는 나를 대신해 선후의 얼굴을 똑바로 바라봤다. 여기 둘러봐봐. 우리 말고 아무도 없지, 이게 네인생이다. 선후 니가, 다영이 다음 말을 덧붙이려는데, 선후가 인생의 참치 타령 그만해라, 선수를 쳤다. 그때였다. 사장이 노가리 한 접시를 서비스로 내오며 말했다.

"저희 가게 영업시간은 2시까집니다. 30분 남았고 혹시 담배 태우는 분 계십니까?"

선수다, 사장이 선수야, 서비스 설계 오지네, 나는 잠시 생각했고 그사이에 사장이 "제가 와수리 친구분을 생각해서 특별히 실내 흡연 가능하게 해드립니다" 말을 덧붙였다. 선후와 다영이 누가 먼저랄 것도 없이 환호성을 지르며 담배를 빼 들었다. 사장은 간판 스위치를 내리고 문을 걸어 잠갔다. 대박, 다영이 외쳤고, 선후가 재빨리 담배에 불을 붙였다. 아무 일도 없던 거라는 강수지의 목소리가 전축에서 흘러나왔다.

선후와 다영은 노래를 흥얼거리며 누가 더 맛있게 피우는지 내기라도 하듯 담배를 태웠다. 내 얼굴에 대고 연기를 내뿜었다. 그래도 내가 미동이 없자 선후가 독한 새끼, 다영이 놀지 말자, 하며 담배를 앞 접시에 비벼 껐다.

"저 새끼, 담배 끊고 번역은 어떻게 하나 몰라. 야, 너 그 장초를, 요즘 좀 사나 보다."

선후가 나와 다영에게 하려는 말을 한 번에 해결했다.

"잘 살지, 잘 살아. 이 신다영 님이. 내 인생이 아주 상큼한 인생이여……."

다영이 잔에서 꺼낸 라임을 앞니에 문지르며 말을 뭉갰다. 나는 으깨진 라임 한 조각을 두 손가락 사이에 끼고 얼음을 씹어 먹는 다영의 얼굴에 필립 림의 얼굴을 포개보았다.

필립 림은 다영이 대본을 쓰는 TV 프로그램 〈6시 팔도유람〉에서 리포터로 일하며 글을 썼다. 그가 자신의 르포르

타주 원고를 검토해줄 한국인 번역가를 찾고 있다며 다영을 통해 연락해왔을 때 나는 직감했다. 좋아하는구나. 남에게 부탁하기를 죽기보다 싫어하는 다영이였다. 나는 다영이의 부탁을 들어주기로 했다.

필립 림이 프랑스어로 쓰고 묶은 원고에는 '내일이 있는 시간'이라는 제목이 붙어 있었다. 살인적인 일정을 소화해야 하는 한국의 방송 제작 노동자들의 실상을 적나라하게 다루면서 한 사람을 향한 애정을 담은 글이었다. 그 한 사람이 다영이라는 사실을 다영이만 빼고 다 몰랐다. 이 지경이 되도록 아무 말도 안 한 거야. 원고를 보자마자 다영에게 묻고 싶었지만, 묻지 못했다. 원고를 검토하는 사이에 필립 림이 한국에서의 생활을 느닷없이 접고 고국으로 떠났고 다영은 내일이 없는 것처럼 일에 더 빠져들었다. 둘 사이에 무슨 일이 있었는지 알 수 없었지만, 나는 다영에게 지금이라도 늦지 않았으니 쫓아가라고 했다. 그러나 예상대로 다영은 가지 않았다. 다영이 외동자식이거나 병중인 홀어머니의 곁을 지키는 딸자식이어서는 아니고 자기 일을 무엇보다, 누구보다 사랑했다. 함께 일을 시작한 친구들이 잡일과 철야와 박봉을 견디지 못하고 하나둘 방송판을 떠날 때도 다영은 이를 악문다기보단 머리를 질끈 묶는 심정으로 하루하루를 버텼다. 버티면서 방송작가유니온의 출범을 도왔고 일원으로서 "불공정한 노동 환경을 넘어 노동 인권이 보장되는 방송 환경을 구축하는 승리의 역사를 집필해나갈 것"을 다짐했다.

다행히 필립 림은 돌아오지 않았다. 돌아온 건《내일이 있는 시간》이 한국에서 정식으로 출간된다는 소식이었고 책의 추천사를 다영에게 부탁한다는 메일이었다. 정규직 복직 촉구 시위를 하던 한 해고 방송작가가 스스로 목숨을 끊는 사건이 벌어진 직후였다. 다영은 별다른 망설임 없이 누구보다 방송을 사랑하고 프로그램 제작에 자부심을 느끼는 방송인으로서 청탁을 받아들였다.

"한 사람이 또 목숨을 잃었다"라는 사실로 시작해 "2001년, 방송 사상 최초로 마산 MBC 작가 선배들이 노동조합을 조직하려고 했다"라는 역사를 경유하고 "당신을 통해 희망을 확인했다"라는 고백으로 끝나는 500자 내외의 글은 다영이 필립 림에게 보내는 마지막 연서이기도 했다.

필립 림의 서명이 담긴 책과 필립 림이 보내온 메일을 받고도 나는 다영에게 아무런 말도 전하지 않았다. 필립 림에게도 묻거나 전하지 않았다. 두 사람의 일을 두 사람만이 아는 일로 그대로 두어도 좋을 것 같아서였다.

근데 영락아, 하고 부르며 선후가 장초 옆에 꽁초를 내려놨다.

　"최근에 네가 번역했다는 책 있잖아. 뱅상인지 로맹인지에 미쳐서라는 책. 거기 앙투안 콩파뇽의 책을 인생의 쓴맛으로 번역해놨던데, 인생의 쓴맛이 아니라 매운맛이 더 원어에 가까운 표현인 것 같더라. 인생의 뜨거운 맛인 거지."

　나는 그런가 보다 했는데, 다영이 유선후 님, 너는 아리랑 연구에나 미쳐라. 아리랑이 인생의 쓴맛인지 매운맛인지 잘 연구하라고. 대신 대답했고, 선후도 그에 질세라 팔도 유람 안 떠나냐? 되받아쳤다. 6시에 떠난다고 쓰여 있잖아. 안 보이냐? 안 보인다. 선후가 해보잔 식으로 대꾸했는데 어째서인지 그때부터 얼마간 술자리에 정적이 흘렀다.

　술잔이 비워지고 채워졌다. 사장도 될 대로 되라는 듯 만면에 미소를 지으며 오픈된 주방 한쪽에서 맥주를 홀짝거렸다. 사장님, 문 닫습니까? 내가 묻자, 영업시간은 지났지만 제가 와수리 친구분을 생각해서 한 시간 더 드립니다, 말했다. 선후가 친구 아니에요, 어눌하게 중얼거렸고, 다영이 선후를 본체만체하며 내 이름을 불렀다. 다영이 부른 건 분명 내 이름인데 선후가 깜짝 놀라는 걸 보며 나는 다시

내 차례구나. 다영이 하려는 말이 또 인생의 참치겠구나 생각하며 다영과 마주했다.

"영락아, 빌려준 돈은 받으면 되고, 근데 서점은 진짜 아닌 거 같아. 아까 뭐랬지? 햇살서점이랬나?"

"햇빛. 햇살은 해가 쏟아내는 광선이고 햇빛은 해가 비추는 빛이지."

선후가 눈을 감고 반사적으로 말했다.

"야, 넌 가방끈 좀 줄여. 늘어진다, 늘어져. 늘어지면 추한 거 알지?"

"그냥 생각 중이라고."

"그러니까 인생 2막을 생각해도 그런 걸 생각하냐고, 왜 책방이냐고. 치킨집도 있고, 술집도 있고, 밥집도 있고 찹쌀도넛, 만두, 많잖아. 근데 무슨 책이야, 요즘 누가 책을 봐, 서너 살짜리 애들도 폰에 빠져 있는데. 요즘 미래는 유튜브다, 요즘 사람 남녀노소 다 크리에이터야. 책이라니, 서점이라니, 늘어진다, 늘어져, 늘어지면, 망해. 망하지 않으려면 평시에도 늘 대비를⋯⋯."

"집에 보내줘!"

다영이 인생의 진리를 다 쏟아내기도 전에 술집 한구석에서 미동도 없이 잠들어 있던 소미가 느닷없이 소리쳤다.

결혼 전엔 밤새 쉬지 않고 마시고도 멀쩡하게 설렁탕으로 해장하고 귀가하던 우리 소미. 자기가 소리 소문 없이 음주 약체가 된 건, 아무래도 남편과 시부모 탓이라고 소미는 확신했다. 오늘도 술에 지고 쓰러지기 전까지 "아니, 자기 결혼기념일도 까먹는 놈이 지 부모 결혼기념일까지 챙기잔다, 미친 거 아니냐? 효도하려면 지나 하지. 난 뭔 죄야. 시부모도 그래. 내가 노냐. 나도 주말엔 좀 쉬어야지. 주말에 쉴 생각만 하고 일하는데, 일찍 내려왔다가 일찍 올라가라니, 야, 한국 땅덩어리가 그렇게 좁냐 좁냐고. 결혼기념일이 대체 뭐라고 가. 그날은 그냥 결혼이란 뭔가, 둘이 회한에 젖어야 하는 거 아니냐"라며 열변을 토했다.

누구 하나 놀란 기색 없이 모두가 저 테이블에서 이 테이블로 흐느적흐느적 옮겨 오는 소미를 빤히 봤다.

"부활했냐?"

선후가 눈을 게슴츠레하게 떴다. 저것도 갈 때가 됐군, 생각하는데 다영이 난데없이 눈물을 흘렸다.

"왜 우냐, 또. 안 하면 되잖아, 책방!"

나는 어깨를 말고 고개를 떨군 다영의 등을 토닥이며 라임맥주에 빠진 다영의 머리카락을 건져냈다.

"다 젖는다, 다 젖어."

소미가 냅킨으로 다영의 맑은 콧물을 닦아주며 콧노래를 흥얼거렸고 그러는 중에도 저게 무슨 노래지, 머릴 굴리다가 그 노래구나. 나는 우리에게도 서로로 인해 행복했던 그때가 있었지, 하고 인생의 쓴맛인지, 매운맛인지 모를 맛을 생각했다. 형철을 위하여.

잔을 한 번, 두 번, 세 번 연거푸 들어 올렸다. 울다 지쳐 잠들 것 같던 다영은 잠들지 않고 선후는 역시나 잠들고, 소미는 두어 차례 토악질 끝에 기사회생하고, 와수리 직업군인이던 사장이 라임이 떨어졌다며 타이거 맥주를 병째 내오자 진짜 어쩌려고 이러시냐고, 하면서도 나와 다영과 소미는 또 따르고 받고 했다. 다영은 다시 울지 않았고 나는 몇 번인가 폰을 확인했고, 소미는 돌상 앞에서도 하고 1차에서도 하고 2차에서도 하고 3차에서 하고 또 한 이야기를 다시 시작했다.

"야, 나도 우리 집 가면 귀한 딸이야."

다영이 소미를 물끄러미 바라봤다. 이번엔 소미 차례구나, 하면서도 나도 다영이의 얼굴에 얼굴을 바투 갖다 댔다.

인생의 하이라이트가 끝나자 신비롭게도 아침이었다. 함박눈이 펑펑 쏟아졌다. 형철에게선 연락이 없었다. 모두

한 택시를 탔다. 뒤를 돌아보자 선후, 다영, 소미는 아무 말
도 하지 않고 택시 창문에, 서로의 어깨에 머리를 기대고
있었다. 누구 하나 빠짐없이 떠오르는 해를 보는 것 같았
다. 차창에 부딪혀 녹는 것이 햇빛인지, 눈송인지 몰랐으나
택시 기사가 가야 할 곳을 묻자 내가 작은 목소리로 대답했
다. 와수리요. 누구 하나 내 말에 신경 쓰지 않았고, 택시는
6시에 출발했다.

내 마음
알겠니

GHOST
DUET

올 수 있어?

정규의 문자메시지가 도착했을 때 일형은 크림산도의 실시간 방송을 보는 중이었다. 크림산도는 말 가면을 뒤집어쓰고 흰색 삼각 수영복만 걸친 채 굵은 목, 각진 어깨, 불룩 솟은 가슴과 꼿꼿이 선 젖꼭지, 살집이 적당히 잡힌 배와 두꺼운 허벅지, 풍성한 다리털, 탄탄하게 올라간 엉덩이를 93명에게 전시하며 초소형 바이브레이터를 사용해 보이고 있었다. 일형은 수영복 앞섶에 바이브레이터를 대고 진동을 강 약 중간 약으로 조절하며 문지르는 크림산도의 모습을 숨죽여 지켜보다가 그의 이목구비가 어떻게 생겼는지 다 알면서도 가면 뒤에 감춰진 얼굴을 상상했다.

크림산도에게는 있고, 현상에게는 없는 것.

일형은 '환상 속의 그대'로 화면 안에 존재하는 현상

과 현실의 현상이 얼마나 다른 사람인지 자문해보다가, 자신과 헤어진 현상이 아니라 자신과 헤어지고 크림산도의 삶을 사는 현상을 만나보고 싶다는 이상한 열망에 사로잡혔다.

"존나 젖고 있네요."

크림산도의 나직한 목소리가 스피커로 흘러나왔다. 잠잠했던 댓글 창에 활기가 돌았다. 일형도 잠시 머뭇거리다가 댓글 창에 말을 남겼다. 그러나 '마음'이 담긴 문장은 꼴리네, 벗기고 싶다, 대딸 구함, 이제 야노 가시죠, 같은 말들에 묻혀 빠르게 사라졌다. 헤어진 연인이 자기 방송을 챙겨본다는 사실을 현상은 어떻게 받아들일까. 짐작해보려다, 일형은 새삼 자신의 닉네임을 확인했다. 똥꼬왁싱.

일형은 현상이 자신이 운영하는 왁싱숍을 처음 방문한 날을 떠올렸다. 브라질리언 왁싱을 받을 때 반쯤 발기된 자지 때문에 난감해하며 웃던 얼굴을. 제가 조금 예민해서, 말끝을 흐리는 현상에게 일형은 괜찮아요, 이런 분들 종종 있으세요, 프로페셔널하게 대꾸했다. 하지만 그때 남사스럽게도 일형은 현상에게 첫눈에 반했다. 손님을 앞에 두고 그런 처지가 되어버리는 건 직업정신이랄까, 직업윤리에 어긋나지만, 사랑은 언제나 어긋남에서 시작된다고 눙치며 자연스럽게 작업을 걸었다.

"오늘은 사우나나 뜨거운 물 샤워는 하지 마시고요, 2~3일 동안은 가급적 꽉 끼는 바지는 피해주세요. 모레까진 통증이 약간 생기거나 피부가 붉어질 수 있거든요. 그럴 땐 후시딘 연고 얇게 발라주시면 돼요. 일주일 정도 있다가 다시 오시면 제가 각질 관리랑 보습까지 공짜로 해드릴게요. 다른 손님한텐 안 해드리는 특별 서비스예요. 오실 수 있으세요?"

네, 현상은 바로 대답했다, 고 일형은 기억했지만, 현상은 꽤 주저하다 답했다고 기억했다.

일형은 현상과 사귀는 동안 몇 번이나 기억의 시간차가 있었는지 헤아려보았다. 한두 번인가, 두세 번인가 싶더니 연이어 다른 일화가 계속 생각났다. 일테면, 첫 키스를 현상은 비 오는 날 덕수궁으로 기억했고, 일형은 그건 우리가 맨정신이었을 때지, 하며 둘이 처음 술을 마신 율곡로13가길을 대는 식이었다.

일형이 딴생각을 하는 사이 화면을 잠깐 벗어난 크림산도가 난데없이 복숭아 한 알을 들고 돌아왔다.

"물이 많을 것 같네요."

크림산도가 복숭아를 크게 한 입 베어 물고 씹고 또 베

어 물고 씹고 또 베어 물자 정말로 과즙이 크림산도의 까무 잡잡한 살갗을 타고 줄줄 흘러내렸다.

ASMR 은꼴 대박.

복숭아 먹는 소리에 흥분한 이들의 댓글이 끊이지 않았다. 저게 뭐라고, 희한하네, 하면서 일형 역시 마른침을 꼴깍 삼켰다. 현상의 은꼴 포인트는 정장을 입고 침대에 벌러덩 누울 때 갑자기 툭 튀어 오르는 두꺼운 귀둔데. 혼잣말 했고 '아, 옛날이여' 하는 심사가 되어 두 사람의 첫 섹스부터 첫 이별까지를 되돌려봤다.

현상의 우람한 흉근 사이에 젤을 바르고 자지를 문지르며 처음으로 오르가슴을 느낀 순간 일형은 생각했더랬다. 얘는 이런 '크리에이티브한' 몸으로 왜 보험 상품을 팔까. 이런 근육이라면, 이런 털이라면 남녀노소에게 상당한 인기를 끌 텐데, 방송용 몸인데, 아깝네, 싶었다. 동시에 내가 얘랑 연애한다니, 충만한 기쁨을 느꼈다. 놀랍게도 그때 일형은 속으로 말했다.

사랑한다고 말할까?

처음이었다. 그간 많은 사람을 만났고 꽤 길게 사귄 이도 있었으나 이런 순간에 사랑을 입에 담게 했던 사람은 없었다. 어느 노래 제목처럼 조금은 깊은 사랑을 깨달은 것 같았다. 그러나 일형은 사랑한다는 말 대신에 현상에게 속삭였다. 얼굴에 싸도 돼? 현상은 고개를 끄덕이며 자신은 입에 싸겠다고 했다.

사랑의 대화를 아낌없이 주고받으며 좋은 시절을 보내던 둘 사이에도 차츰 균열이 생겼다. 현상이 회사를 그만두고 일형의 오피스텔에 머물게 되면서였다.

연인이 함께 살면서 맞닥뜨리는 다양한 문제들은 이미 여러 드라마와 영화와 소설에서 재현되었기에 생략하고, 모든 시시비비(내게 필요한 건 청소하고 설거지하고 빨래하는 현상이 아니야. 물고 빨고 때려주는 현상이지)와 지지고 볶음(나는 우리가 너무 빨리 서로에게 보험 같은 존재가 된 것 같아) 끝에 일형은 현상에게 이별을 통보했다. 두 사람이 사귀기로 한 지 꼭 1년이 되던 날이었다.

아침부터 저녁까지 비가 추적추적 내려서 그들은 1주년 파티를 집에서 하기로 했고 배달 음식 대신 오랜만에 직접 요리해 먹자고 의기투합했다. 쭈꾸미샤브샤브로 하자. 메뉴는 일형이 정했고, 현상은 손 많이 가는 음식 말고 간단하면서도 맛있는 걸 해 먹자 했는데, 세상에 그런 음식은 없어, 이거 그렇게 손 많이 안 가, 일형이 재차 못을 박았다.

음식을 준비하면서 그냥 시켜 먹을 걸 그랬다, 먼저 말을 꺼낸 건 일형이었다.

어쨌거나 둘은 복잡하게 차린 음식에 술과 음악과 대화를 곁들이며 근사한 저녁을 보냈지만, 저녁상을 치우고 위스키를 마시는 자리에서 사달이 났다. 〈봄이 좋냐??〉가 음원차트에 다시 진입한 때여서 '벚꽃 연금송'이 어쩌니 저쩌니 대화의 물꼬가 텄고, 자질구레하게 이어질 줄 알았던 대화는 대출금과 물가상승률로, 취직의 어려움과 외벌이의 미래로, 가사노동과 자영업의 어려움으로, 최근 두 사람의 섹스 횟수와 자위 횟수 급기야 다른 커플들이 꾸려가는 윤택한 생활과의 비교로 걷잡을 수 없이 뻗어나갔다. 보통 때 같으면 누군가 한 명은 아슬아슬한 지점에서 인제 그만, 했을 텐데 그날은 둘 다 그러지 않았고 상황을 그대로 내버려 두었다. 마치 그런 순간이 찾아오기만을 기다린 것처럼.

"너는 가망이 없다."

"그러는 너는."

취기가 올라 붉어진 얼굴로 그들은 한동안 마음에 있는 소리, 없는 소리를 해대며 선을 지키기도 넘기도, 멀리 갔다가 돌아오기도 했다. 옥신각신 끝에 일형이 먼저 마음에 없는 소리로(너랑 살고 싶지 않아) 돌아올 수 없는 선을 넘었고(내 집에서 나가), 현상은 이 집이 우리 집이 아니라 네 집이었구나. 내가 몰랐네, 내가 몰랐어, 라는 말을 끝으로 돌아오지 않았다.

그 후로 두 사람은 술기운에라도 연락 한 번 주고받지 않았다.

독한 놈들.

일형은 기분이 울적해져 방송 창을 닫았다. 정규에게 답장을 보냈다.

선배, 무슨 낭독회에 지인을 동원해요. 결혼식 하객 알바도 아니고. 나도 오죽하면 이러겠냐. 가서 자리만 채우면 되죠? 다음 주 목요일 저녁이면 예약 손님이 없긴 한데. 어, 어. 자리만 채우면 되고 질의응답 할 때 질문 하나만 해주면 돼. 형이 질문 만들어줄게. 끝나고 형이 시원하게 쏠게.

보내기 무섭게 도착하는 메시지를 읽으며 일형은 이 선배 이 밤에 최선을 다하네. 괜스레 문과생으로 먹고산다는 건, 회한에 젖을 뻔하다가 알겠어요, 일단 그날 봬요, 대화를 끝냈다. 주원에게 텔레그램 메시지를 남겼다. 정규 형 연락 받았어? 답이 없었다. 정규 선배 연락 받음? 연옥에게도 메시지를 남겼으나 역시 답이 없었다. 이것들은 이 밤에 뭘 하나.

　학교 다닐 때는 정규 선배가 가장 먼저 등단할 줄 알았는데, 선배는 이제 소설은 다 접었을까, 정규 선배가 국문과 휴 그랜트였고 선영 누나가 국문과 갱스부르였는데, 둘이 결혼까지 할 줄 알았는데, 휴 그랜트와 갱스부르는 사실 어울리는 조합은 아니지, 누나가 뉴질랜드에 간 게 언제더라, 재휘 형을 어떻게 만났더라, 재휘 형을 만난 게 정규 선배랑 막 헤어졌을 땐가, 헤어지고 한참 지나서인가, 선배가 그때 잘못하긴 했지, 내가 누나라도 험한 소릴 듣곤 못 사귀지, 선배 아기는 잘 크고 있나…….

　침대 머리판에 기대어 생각의 나래를 펼쳤다 접던 일형은 베개를 베고 바로 누웠다. 폰으로 6년 만에 신작을 출간했다는 조범훈을 검색했다. 문단 내 성폭력과 위계에 의한 폭력을 다룬 뉴스 기사가 여러 개 떴다. 일형은 가장 최신 기사를 열었다. 그는 이번 작품으로 남녀 양극화의 문제를 통해 우리 미래를 보고자 했다고 설명하며, 오랜 탐구로 얻은 '음양의 조화'와 '남녀 상생'에 대한 깨달음이 작품에 집약되어 있다고 했다.

　일형은 개량 한복을 곱게 차려입은 조범훈을 보면서 원로 작가의 깨달음이란 무시무시하구나, 음양이 고생이 많네, 상생은 무슨 죄인가, 젊을 적부터 개량 한복 정도는 입어줘야 민족 작가가 된다는 국문과식 농담을 생각했고, 잊고 지낸 기억을 다시 생각해냈다.

선영이 등단한 직후였다. 과 동기, 선후배들이 조촐한 축하 자리를 마련했고 화기애애한 분위기에서 3차로 이어진 술자리가 정규의 등장으로 급격히 냉랭해졌다. 다른 사람들과 2차를 하고 왔다는 정규는 선영이 앉은 테이블을 두고 기어코 딴 테이블에 끼어 앉아서 요즘 한국문학은 여자들 판이잖아. 여성 우대지. 우리 선영이는 문단에서 잘 풀릴 거야. 예쁘잖아. 그래도 평론가들 똥꼬는 핥지 말아야 할 텐데, 한국문학의 수준에 관해 떠들어댔다. 그런 정규를 모두가 불편해했는데 그 모두를 오직 정규만이 불편해하지 않았다. 당연히 술자리는 파장 분위기가 됐고 하나둘 속속 자리를 떴다. 선영과 정규와 일형이 마지막까지 남았다.

평소대로라면 선영이 정규를 꾸짖고, 정규가 선영에게 헤어지자 하고, 선영이 정규를 다독이는 뻔한 스토리로 이어졌을 텐데 그날 선영은 정규를 꾸짖지 않았고 먼저 헤어지자고 했다. 다독임을 기대했을 정규는 놀란 마음에 한바탕 난동을 피웠고, 술집을 떠났다. 일형은 취해서 취한 선영에게 물었다.

"누나, 정규 선배는 앞으로 무슨 소설을 쓸까?"

그때 내가 진짜로 묻고 싶었던 건 정규가 쓰는 소설의 미래가 아니라 소설을 쓰는 정규의 미래가 아니었을까. 어떻게든 쓰더라도 어떻게 쓸지를 고민하고, 어떻게든 살아지더라도 어떻게 살지를 계속 자문하는 사람이 돼야지. 작가라면. 일형은 그때 하지 못한 말과 지금 해야 할 말을 생각하며 가만히 천장을 바라봤다. 천장에는 천장뿐이라는 생각이 들 때까지 천장을 오래 바라보고 있으면 다가와서 두 발을 꼭 잡아주던 현상이었는데. 머릿속의 책장들이 팔랑팔랑 넘어갔다.

그런 작가 낭독회에 자발적으로 오는 사람도 있을까, 대작가는 어떻게 되나, 누가 만드나, 역시 개량 한복인가, 선영 누나는 문단에서 만난 아재 평론가들 때문에 한국을 떠났지, 걔들은 혼자선 별 힘도 없으면서 왜 떼로 앉아서 힘 있는 척할까, 내가 평소에 생각다운 생각을 하지 않아서 오늘따라 상념에 빠지나 보다 하다가 일형은 현상이야말로 늘 생각이 깊었지, 숨을 길게 내뱉었다.

"보험 파는 사람은 상대방보다 항상 한 발 더 앞서서 생각해야 하거든. 죽느냐 하면 사느냐, 사느냐 하면 죽느냐 그래야 해."

현상이 툭툭 꺼내놓은 얘길 들을 때마다 일형은 책이랑은 담을 쌓고 사는 현상이 책을 이고 지고 모시고 사는 자신보다 더 현명한 이유는, 그가 누구보다 생과 사를 열심히 탐구해서라고 여겼다. 탐구의 일환으로 '무덤 수련'을 하던 현상의 모습이 눈앞에 아른거렸다. 방바닥에 코를 박고 납작 엎드려 있는 게 다였는데, 그게 생각보다 쉽지 않았다. 10분이 채 지나기도 전에 좀이 쑤셔서 누운 자리에서 뭉그적거렸다. 산다는 게 결국은 바닥까지 내려가는 거라고. 그렇게 생각하면 인생이 간결해지고 시시해지고, 시시해지니까 쉬워진다고. 현상의 목소리가 일형의 귓가를 맴돌았다. 연옥으로부터 뒤늦은 답장이 왔다.

 -나 주원이랑 人生의 하이라이트 옴. 정규 선밴 연락 안 왔는데. 정규 선배 나 불편해함. 지난번에 나한테 쓸데없이 피씨하다고 해서 내가 엄청나게 쏘아붙였거든. 나보고 페미니즘 얘기만 나오면 너는 왜 그렇게 감정적으로 구냐고 하잖아. 미친. 나올래? 지금 여기 계속 강수지 메들리임~:).

 일형은 폰을 손에 꼭 쥐고 몸을 뒤집어 침대에 코를 박았다. 먼저 헤어지자고 해놓고선, 그동안 연락 한 번 안 해놓고선 인제 와서 왜 청승을 떨고 있을까. 산다는 게 결국은…… 크림산도의 유난히 큰 젖꼭지 때문일지도 몰라. 그러나 그 순간 일형의 머릿속에, 마음속에 그려진 장면은 어느 가을날 왁싱숍의 창가였다. 푸르던 잎들이 하나둘 붉고 노랗게 물들어서 누구나 한 번쯤 감탄을 내뱉을 수밖에 없는 계절 속에서 일형은 현상의 어깨에 기대어 잠시 눈을 붙이곤 했다. 그리웠다. 한 사람이 한 사람의 받침이 되어준 시간이. 내가 지금 심정을 고백하면 연옥은 이래서 연애는 더럽게 끝을 봐야 끝난다고 할 테고, 주원은 내가 갖자니 성에 안 차고 남 주자니 아까운 감정 놀이는 지겨울 때도 되지 않았냐고 충고할 텐데. 그런데도 오늘 밤에는 만나고 싶었다. 일형은 정규에게 다시 문자를 넣었다.

선배, 저 그날 못 갈 것 같아요. 갑자기 왜? 아, 얼마 전부터 썸 타는 사람한테 연락이 와서. 목요일밖에 시간이 안 된다고. 그래? 그럼 같이 와, 유명한 작가도 보고, 낭독도 듣고 좋잖아. 왔다가 중간에 나가도 되고.

……그게, 그 친구는 남자 소설가 안 좋아해요.

등록금 삭감 투쟁을 위해 삭발했고, 총장실을 점거했고, 그러는 와중에도 신춘문예에 꼬박꼬박 소설을 투고했고, 첫 월급으로 취업 준비 중인 후배들에게 밥과 술을 샀고, 결혼식과 장례식은 빼먹지 않고, 임종석을 대권 주자로 만들어야 한다, 내가 촛불혁명의 주인공이다 말하는, 연애

중엔 종종 개새끼였던, 암보험, 생명보험, 실비보험 가입자인, 똥꼬 왁싱은 한 번도 받아본 적 없는 남자 한정규에게선 답이 없었다.

선영이 선영의 목소리로 읽어주는 선영의 소설은 어땠을까. 일형은 이제 소설 따위는 집어치우고 재휘와 함께 전세계의 동굴을 탐험하는 선영과 선영의 등단작을 떠올렸다. 사랑이 끝나자 석상이 된 사람들을 모아놓은 미술관에서, 라는 긴 제목의 소설은 이렇게 끝난다.

나는 가장 습하고 가장 어두운 곳을 찾아 헤맸다. 그리고 마침내 그곳에 당도하여 말했다.

끝났어, 전부.

그렇게 영원히 굳어버리기 전에, 일형은 오늘 밤 크림산도에게 다시, 오늘 밤에라도 현상에게 전하고 싶었다.

내 마음 알겠니?

심신이 동시에 아릿했다. 침대에서 일어났다. 팬티까지 다 벗고 언제나처럼 전신 거울 앞에 서서 다리를 벌린 채 허리를 숙여 머리를 가랑이 사이로 넣고 두 손으로 엉덩이를 벌려보았다. 털 하나 없이 깨끗했고 그게 또 쓸모가 있겠구나 싶었다. 굽힌 몸을 바로 세우고 일형은 욕실로 들어가기 전에 간결한 메시지를 보냈다.

늦었지만 이젠 정말……

그때 일형의 입에서 흘러나온 건 지나간 발라드였다.

혼자만의
겨울

GHOST
DUET

실제와는 다른 이야기지만, 지난봄 원준과 도연은 헤어졌다.

　　둘은 5년을 사귀는 동안 제주에 세 번, 일본에 두 번 다녀왔다. 원준은 많이 다녔다고 생각했고, 도연은 부족하다고 여겼다. 마지막 일본 여행에서 도연은 뜻하지 않게 임신했고, 혼인 전 임신을 중지하기로 했을 때 원준은 기꺼이 동의했으나, 도연은 너의 동의는 필요하지 않다고 딱 잘라 말했다. 원준은 중요한 순간마다 단호해지는 도연을 아꼈다. 도연이라고 원준을 아끼지 않은 건 아닌데 차이라면 원준은 도연이 자신을 아끼는 것을 실감하지 못했고, 도연은 원준이 자신을 아끼는 것을 자주 체감했다.

　　외조모에게 의탁하여 어린 시절을 보낸 원준은 매년 봄가을에 외할머니를 찾아뵈었다. 연애 2년 차가 되자 도연이

따라나서려 했고 원준은 왜 자기 무덤을 파냐며 만류했다. 도연은 원준을 기특하게 여겼고 동시에 꺼림칙했다. 연애할 때 애인 아끼는 사람이 결혼만 하면 갑자기 집안의 대소사를 챙기며 가문을 염려하는 효자 중의 효자가 된다는 동창 민주의 말이 떠올라서였다. 가문이라니.

도연에게 '피붙이로 이루어진 공동체'란 "그래도 딸 병신보다는 아들 병신이 낫다"라는 말을 부모에게 아무렇지 않게 할 수 있는 사람들의 집합 이상도 이하도 아니었다. 도연네 가족은 명절마다 온갖 말들에 시달렸다. 관절굽음증을 앓는 도연의 두 살 터울 남동생 태웅을 보고 하는 소리였다. 도연네 가족은 태웅이 열 살 된 해부터 일가친지들과 왕래를 끊고 척진 채 살았다.

원준이 태웅을 보겠다고 먼저 제안했다. 셋은 초복에 만나서 삼계탕 대신 채 썬 오이와 방울토마토를 고명으로 올린 콩국수를 맛있게 먹고 근처 호수에 갔다. 정확히는 호수뷰 카페에 가서 창밖으로 보이는 호수와 오리배를 보며 차를 마시고 정담을 나눴다. 고명이 없었으면 더 맛있지 않았을까, 원준이 말했고 태웅이 손뼉까지 쳐가며 격하게 공감했다. 도연은 고명이 올려진 게 좋았어, 식감도 더 재밌잖아, 덧붙였다. 태웅이 도연을 힐끔 보며 먼저 웃었고 원준도 식감이 재밌네, 도연의 말투와 표정을 따라 하며 웃었다. 그 후 원준과 도연은 태웅이 동성 파트너인 효림과 함께 자립하여 사는 응암동 투룸을 종종 방문했고, 그때마다 원준은 태웅과도 효림과도 격 없이 지냈다. 어쩔 땐 도연 없이도 태웅을 보러 갔고 태웅이 없는데도 도연과 원준은 효림을 보러 갔다.

네 사람은 그 집에서 치맥을 앞에 두고 〈프렌즈〉를 보는 걸 가장 좋아했다. 레이첼, 챈들러, 로스가 소파를 옮기는 에피소드를 몇 번씩 되돌려 보며 다 함께 배를 잡고 깔깔 웃었다. 넷이 어울린 날이면 도연은 원준의 집까지 따라와서 그의 머리를 쓰다듬어줬고, 원준은 도연의 찬 발을 두 발로 감싸고 따뜻해져라, 하며 비벼주었다. 그런 날이면, 태웅과 효림은 사실혼 관계인 동성 부부가 "동성인 배우자도 건강보험 직장가입자의 피부양자로 인정해달라"며 국민건강보험공단을 상대로 소송을 제기한 일, 재판부가 1심과 다르게 2심에선 "공단이 이성 관계인 사실혼 배우자 집단에 대해서만 피부양자 자격을 인정하고 동성 관계인 동성 결합 상대방 집단(동성 부부)에 대해서는 피부양자 자격을 인정하지 않는 것은, 성적 지향을 이유로 하는 차별 대우에 해당한다"라고 밝힌 일을 이야기하며 각자가 원하는 결혼식의 상을 나누었다(실제와는 다른 이야기지만, 태웅과 효림은 혼인평등법에 따라 혼인신고를 할 수 있는 기회를 얻었다. 그들은 구청에 갔을까? 그 애긴 언젠가 자세히 들려드리겠다).

　손발이 유난히 찬 도연과 몸에 유달리 열이 많은 원준의 연애는 대체로 평온했다. 고요한 평안함을 원준은 안정적이라고 느꼈고, 도연은 종종 미적지근하다고 느꼈다. 그래서 두 사람은 2주년을 맞아 재미 삼아 역할극을 했다. KBO리그 키움의 외야수 준후(원준)와 키움을 응원하는 야구팬 채연(도연)이 제주의 한 호텔 라운지에서 운명처럼 만나 격정적인 하룻밤을 보내는 게 역할극의 골자였다. 준후와 채연에게 각각 동행이 있는 걸로 설정하자는 도연의 제안을 원준은 받아들이지 않았고, 대신 준후와 채연이 1년마다 이곳에서 다시 만나게 하자고 했다. 도연은 그 제안이 어딘가 케케묵은 것 같으면서도 한편으론 로맨틱하다 싶어서 그러기로 합의했다. 그러나 3주년 기념일에 두 사람은 다시 호텔에서 준후와 채연이 되지 못했다.

　그 무렵 두 사람은 소소하게 다퉜다. 원준이 축구를 하다가 발목 인대가 늘어나자 도연이 화냈고, 도연이 친구들과 을지로에 갔다가 '애기들'한테 헌팅을 당했다고 말했을 때는 원준이 화냈다. 연애는 3년이 마의 기간이지. 둘 중에 한 사람이 분명 말했고, 둘 중에 한 사람은 분명 이의를 제기할 법도 한데 그러지 않았다.

어찌 됐든 3주년 기념일로 가는 길목에서 둘은 잠시 멈춰 섰고, 당일이 되자 피곤하기도 하니까 기념일 이벤트는 건너뛰기로 했다. 원준과 도연은 준후와 채연이 아닌 상태로 원준의 집에서 꽃게백숙 대짜를 시켜 먹으며 소맥을 말아 마셨다. 원준이 먼저 꽐라가 돼서 도연을 채연이라 불렀다. 그 이름을 듣자 발동이 걸려서 도연도 원준을 준후라 불렀다. 두 사람은 거실에서 할까 하다가 그래도 날이 날인데 하며 침실로 뛰어 들어갔다. 준후가 서둘러 잠옷 바지와 팬티를 내리는 사이에 채연도 잠옷 바지와 팬티를 내렸고, 준후가 채연을 눕히고 올라타려는데 채연이 그걸 막고 자신이 준후 위에 올라탔다. 오늘은 내가 위, 도연이 말했고, 원준은 흔쾌하게 고개를 끄덕였다. 둘 다 열심이었지만 준후인지, 원준인지가 하는 도중에 잠들었고 이내 채연인지, 도연인지도 잠들었다. 맨다리와 엉덩이를 내놓고 곯아떨어진 두 사람은 새벽녘에 한기를 느끼며 거의 동시에 깼다. 이게 무슨 상황인가, 각자 현타를 실감하다가 웃음을 터뜨렸다. 자신들이 화낼 때마다 너한테 화나는 게 아니라고 말을 시작한다는 걸 깨우치곤 함께 맹세했다. 내 화는 내 안에서 풀자. 둘은 3주년 기념 이벤트를 원준과 도연의 섹스로 마무리했다.

그들은 종종 그 다짐을 잊었다. 인생이란 다짐의 연속이다. 다짐이란 부질없는 것. 다짐하다 인생 다지는 거다. 두 사람의 다짐과 다툼과 재다짐의 순환을 전해 들은 이들은 하나같이 말했고, 원준과 도연은 남들도 다 똑같이 사는구나 싶어서 안도했다. 사귀는 동안, 이 모든 일이 두 사람 사이에서 일어났다.

사귀기 전에, 도연과 원준은 한 직장에서 일했다.

원준이 도연보다 3년 먼저 입사해 운 좋게 대리를 달았고, 도연은 신입 사원으로 회사에 들어왔다. 도연은 처음부터 원준에게 끌렸다. 원준이 사내 댄스 동호회 회장을 맡고 있어서였다. 춤 선이 예쁜 사람. 도연의 이상형이었다. 그런 사람과 결혼해서 축가 대신 축무를 받고 싶다고 도연은 소원했다.

회사 창립 기념 체육대회에서 도연은 원준의 춤 실력을 실제로 확인했다. 회장님을 흐뭇하게 해드리면 맥북이나 애플워치, 에어팟, 문화상품권과 스타벅스 쿠폰 등을 획

득할 수 있는 행사에서 원준은 다른 직원들과 함께 '수녀시대'로 분해 다채로운 군무를 보여줬다. 도연은 골반만 현란하게 돌리고 튕기는 뭇사람과 달리 긴 팔다리로 춤의 시작점과 끝점을 연결하는 원준의 선을 보며 감격했다. 그래서 이런 날엔 직원들 쉬게 해주는 게 최고 아니냐며 뚱한 얼굴로 무대를 본체만체하는 동기 소현을 붙들고 고백했다. 직진해볼까? 너 보기보다 눈이 낮다. 소현의 심드렁한 반응에도 도연의 마음은 원준에게로 향했다.

원준이 도연을 신경 쓰기 시작한 건 팀원인 최진혁 때문이었다. 금요일 부서 회식이 본격적으로 엉망진창이 되어가던 밤에 만취한 진혁이 눈을 가늘게 뜨곤 원준의 옆구리를 쿡 찔렀다. 도연 씨랑 얼마나 되셨어요? 아니에요? 모르셨어요? 보기보다 눈치가 없으시네요, 진혁은 호탕하게 웃었고 마음에 없으시면 저한테 양보하세요, 본심을 드러냈다. 원준은 그날 새벽 씻고 침대에 누운 2시 16분부터 주말 내내 생각했다. 도연을. 생각이 생각으로 이어지고 이어진 생각이 생각보다 생각으로 남아서 원준은 그동안 별다른 느낌이 없었던 도연의 친절과 호의를 따사로운 애정으로 여겼고 공사가 흐릿해졌고 자신이 마지막 연인에게 차인 이유가 표현력 부족 때문이었음을 곱씹었다. 그 뒤로 원준은 틈날 때마다 도연에게 마음을 표현할 적기를 노렸다. 표현한 적은 있지만 제대로 된 고백은 하지 못했다. 지금껏 고백을 받아보기만 했지 해본 적은 없는 그였다.

결국 1년 후 원준이 퇴직하고 이직하면서 두 사람은 본격적으로 썸을 탔다. 도연이 먼저 원준의 인스타그램을 팔로우했고, 원준이 도연이 올린 사진에 댓글을 달았다. 도연은 답글을 적는 대신 카톡을 보냈다.

–잘 지내시죠? 선배.

–회사에 적응하느라 정신없죠. 도연 씨도 잘 지내죠?

원준은 그때만 해도 존댓말을 사용했다. 일주일 뒤, 도연이 오늘 급치맥 어떠냐며 다시 톡을 보내오자 원준은 어쩐지 친근한 분위기를 만들고 싶어서 좋지, 반말을 적어 보냈다. 도연은 원준의 톡을 받고 7시에 혜화역 앞에서 봐요, 답을 하려다 그럼 나도, 하는 심정으로 부러 7시, 비어오크, 콜?이라고 보냈다. 원준은 하던 대로 좋아요, 답장했다. 도연은 높였다 낮췄다 하는 원준의 애씀이 귀여웠다. 원준도 들었다 놨다 하는 도연의 뭐랄까…… 모든 게 귀여웠다. 그날, 도연은 마음을 잘 주는 사람이야, 이 대리가. 최진영 차장에게 전해 들은 얘기를, 마음에 구김이 없잖아요, 애가, 원준은 정소현 사원이 들려준 얘기를 여러 번 곱씹으며 남은 업무를 처리했다. 아니, 처리하는 척하며 연애의 신호탄을 쏘아 올렸다.

늦봄의 치맥 회동 이후 둘의 관계는 급속도로 발전해 2주 만에 야구장에 가는 사이가 됐고, 4주 만에 캠핑 가는 사이가 됐으며, 16주 만에 사귀는 사이가 되었다. 오늘부터 사귀는 걸로 하자며 의외로 원준이 먼저 고백했다. 그날의 온도, 습도, 분위기 덕은 아니었고 느닷없이 원준에게 닥친 불행 때문이었다. 원준의 둘도 없는 친구 가람이 과중한 업무 스트레스를 견디지 못해 스스로 목숨을 끊은 것이었다.

경찰에 따르면 가람은 숨진 채 한강에 떠 있었다. 유가족은 경찰 조사에서 "최근 업무가 과중해 힘들어했다"라고 진술했다. 직장인 커뮤니티 블라인드에 가람의 죽음에 대해 각종 의혹이 제기됐다. 그와 같은 회사 소속이라고 밝힌 한 작성자는 "주말에 새벽 3시까지 야근한 후 스스로 목숨을 끊었다. 산재 처리 및 정당한 보상을 받기를 기원한다"라고 했다.

원준의 슬픔은 친구가 그 지경이 되기까지 해준 게 없다는 자책으로 이어졌고 대상이 없는 분노로 바뀌어 원준을 괴롭혔다. 원준은 사람들과의 만남을 피했다. 도연이라고 예외는 아니었다. 원준은 도연을 우선으로 멀리했다. 도연을 마음 바깥에 두어야 안심되었다. 그래야만 언젠가 도연을 다시 안으로 들일 수 있을 것 같았다. 원준의 마음을 알아챈 도연은 원준이 슬픔에서 벗어나길 기다렸고 틈틈이 원준에게 알렸다. 선배는 혼자가 아니고 언제든 도움이 필요하면 연락하라고, 꼭 그랬으면 좋겠다고, 그게 선배를 향한 내 마음이라고. 원준은 꼭 그렇게 했다.

원준이 가람의 부모님을 만나러 가는 길에 도연이 동행했고, 원준이 용인의 한 수목장으로 가람을 다시 만나러 가서 통곡할 때 도연은 말없이 기다려줬고, 가람과 고등학교 때 잠시 애틋한 적이 있다며 원준이 교환 일기장을 보여주자 함께 웃었다.

그렇게 마음을 주고받는 데에 익숙해진 어느 날, 원준은 가람이 어떤 애였냐면, 운을 떼고도 한참이 지나 오늘부터 사귀는 걸로 할까, 고백했다. 도연은 그 저녁의 온도와 습도, 분위기에 상관없이 그러자고 했다. 누군가를 진심으로 애도할 수 있는 사람이면, 자기 곁에 두고 싶었다. 역시 선이 고운 사람, 이라고 도연은 처음부터 지금까지 한 번도 바뀐 적 없는 마음을 스스로 대견하게 여겼다. 스물여섯 그리고 서른하나였다.

헤어지기 전에, 두 사람은 자연스럽게 결혼을 고려했다.

그들은 무난한 연인이었기에 마주 앉을 때마다 생활 동반자로서 상대방의 점수를 매기는 일을 재미로 삼았고, 네이버, 다음 부동산에 드나들며 '오늘의 집'을 찾았다. 집에 관한 정보나 그에 얽힌 사연도 찾아 읽었다. 원준이 인상적으로 기억하는 집은 신혼부부가 5년을 살았다는 숲세권 아파트였다. 그들은 좋은 기운을 얻어서인지 입주 2년 만에 쌍둥이를 얻었고 3년 동안 아래층 어르신들이 쌍둥이를 예뻐해주신 덕분에 다른 집으로 이사한 지금까지도 틈틈이 만나는 사이가 되었다고 했다. 원준은 아직 살 만한 세상이라고 생각했다. 도연은 어딘가 불편한 기색을 내비쳤다. 도연이 기억하는 집은 역시 신혼부부가 2년을 거주한 곳이었다. '내가 직접 살아본 집'이라는 블로그를 운영하는 부부가 '저희처럼 당하는 분들이 없었으면 하는 마음으로 남깁니다'라는 제목까지 붙인 게시물에는 원래 집주인이던 할아버지가 돌아가시고 그의 딸이란 사람이 나타나 세입자들에게 부린 횡포가 길게 적혀 있었다. 종국에는 보증금 반환을 요구하려고 집주인에게 내용증명까지 보냈고, 이사 전날 밤이 되어서야 돈을 돌려받을 수 있었다고 했다. 마지막으로 젊은것들이 돈 좀 그만 밝히라는 황당무계한 소리를 들었다고도 했다. 도연은 빚을 져서라도 내 집을 마련해야 한다고 생각했다. 원준은 케이스 바이 케이스라며 자신은 취업하면서부터 집을 구해 살았지만, 지금껏 이런 일을 겪은 적이 없다고, 여전히 부모님과 거주하는 도연을 의도치 않게 괜한 걱정이 많은 사람으로 치부했다.

여름의 끝물에 둘은 원준의 선배가 강원도 원주의 한 카페에서 스몰 웨딩을 올린다고 해서 같이 다녀왔다. 결혼식의 전말을 지켜보고 도연은 말만 스몰이네, 했고 원준은 그러니까, 하며 신랑 신부가 아웃도어 잡지사에서 일하는 자유로운 영혼들이라고 말을 보탰다. 원준은 저녁 6시부터 이어지는 피로연이 마음 한쪽에 남았는데, 우연인지 몰라도 신랑과 신부가 춤출 때 어디선가 짙은 꽃향기가 바람에 실려 확 끼쳐왔고 그때 마침 별똥별을 본 것이다.

잘못 봤을 거야. 서울로 돌아오는 차 안에서 도연은 조수석에 앉은 원준을 힐끔 보며 말했고, 우리는 말이야, 하고 이어진 도연의 얘기를 시작으로 둘은 우리는 말이야 결혼식에 돈 들이지 말고 여행을 가자, 맛있는 걸 더 먹자, 집에 필요한 걸 사자, 아니 집을 사는 데 보태자, 미래의 청사진을 그렸다. 다음 휴게소에서 그들은 자리를 바꿨고 운전석에 앉은 원준은 조수석에서 잠든 도연을 깨우지 않았다. 한

밤의 고속도로를 달리면서 원준은 그때 본 게 별똥별이 아니면 무엇이었을까 깊이 생각했다. 도연은 잠든 척하며 자유로운 영혼들을 생각했다. 도연을 집 앞에 내려주고 원준은 집으로 돌아와 씻고 누워서 습관처럼 부동산 앱을 켰고 오늘의 집이 정말 오늘의 베스트인지, 역세권을 기준으로 다시 집을 찾아보다 잠들었다. 그 시각 도연은 원주 외곽에 땅을 사서 집을 지었다는 오늘의 주인공들을 생각하다가 빚도 자산이라고 말하는 회사 동료들의 면면을 떠올리며 무거운 마음으로 잠을 청했다. 두 사람 다 얼마나 피곤했는지 평소라면 항상 주고받는 굿나잇 톡도 하지 않았다.

당연하게도 그날의 일은 빠르게 잊혔다. 두 사람은 아무렇지 않게 다음 또 다음 만남을 이어갔다. 그들은 보통때처럼 서로의 사랑스러운 면모와 도무지 이해되지 않는 모습을 여러모로 경험했다. 누군가 뜨거워지려면 한 사람이 찬물을 부었고 누군가 차가워지려면 한 사람이 불을 지폈다. 모처럼 만의 저녁 식사에서도 상황은 비슷했다. 둘 다 새롭게 맡은 프로젝트 때문에 수시로 야근하다가 기적적으로 짬을 낸 금요일 저녁이었다. 무얼 먹으러 갈까, 하다가 도연이 이런 때일수록 양껏 먹어줘야 한다며 김대중 대통령도 왔다 갔다는 홍어무침 집에 가자고 했고 원준은 탁월한 선택이 아닐 수 없다며 대신 오늘 밤에는 입 다물고 각자 집으로 가자고, 딴에는 유머랍시고 말했고 도연 역시 그것이야말로 탁월한 선택이 아닐 수 없으며 그럼 오늘 평소보다 홍어를 더 많이 먹겠다고 대답했다.

강하게 삭힌 홍어무침에 잘 삶은 수육 한 점씩을 올려 쌈 싸 먹으며 두 사람은 배상면주가 사계절 막걸리를 빠르게 비웠다. 이때다 싶었는지 혹은 이때일 수도 있겠다 싶었는지 말을 꺼낸 건 원준이었다.

"내년 설에는 소식을 들고 가야 할 것 같은데……."

원준의 에두르는 화법에 익숙한 도연이 단도직입적으로 물었다.

"결혼하자고?"

"당장은 아니고……."

"내년 봄?"

"그건 조금 빠른 것도 같고……."

"내후년쯤?"

"그건 너무 늦는 것 같고……."

남은 수육에 비해 홍어무침이 턱없이 부족하게 느껴질 즈음부터 두 사람의 대화는 주거니 받거니 이어지지 않고 후퇴와 전진을 반복하며 제자리를 맴돌았다. 다른 때 같으면 원준이 어느 순간 앙탈을 부리고, 도연이 대범하게 원준의 볼을 꼬집었을 텐데 그날은 도연도 미지근하게 굴었고 원준도 속에서 끓는 것이 있었다. 도연의 미적지근함은 이직 때문이었고, 원준의 울화는 도연의 이직 때문이었다. 도연에겐 결혼보단 이직이 시급했고 원준에겐 도연의 이직보단 두 사람의 결혼이 시급했다. 두 사람 다 누가 먼저 말을 꺼내나, 꺼내기만 해봐라, 간을 보다 보니 누구도 그 말을 꺼내지 않았고 대화는 술잔이 돌듯 빙빙 돌기만 했다.

도연은 원준을 만날 때마다 스카우트 제의를 받은 회사 얘기를 하고 또 했다. 창립 기념 체육대회도, 수녀시대도 없는, 아직 한 방이 남아 있는 그곳으로 가리라. 원준이 보기엔 스타트업이라고 이름만 붙인, 체계 없는 작은 회사였다. 인생에도 단계가 있잖아. 원준은 도연한테 말했고, 도연은 내가 하고 싶은 말이 바로 그거야. 대꾸했다. 두 사람은 결국 누가 먼저랄 것도 없이 너한테 화가 난 게 아니라고 말문에 덧붙였다. 대화는 시작과는 다른 방향으로 이어졌고 이렇다 할 결론 없이 끝나기 일쑤였다. 그러니 이번만큼은, 오늘만큼은, 결판을 지어야겠다고 아무도 생각하지 않았는데 김대중도 좋아한 홍어무침과 막걸리 여섯 병에 힘입어 두 사람의 관계는 결국 결판나고 말았다. 탁월한 선택이었다고도 탁월하지 않은 선택이었다고도 생각할 겨를이 없을 정도로 다음 날 두 사람은 숙취에 시달렸지만, 아무도 먼저 연락하지 않았고 원준과 도연의 친구 중 한둘은 꼭 홍어 향만 남기고 간 사랑이냐며 다 잊고 가을 전어에 청하를 조지자고 그들의 이별을 가볍게 만들었다.

두 사람은 5년 만에 처음으로 혼자만의 크리스마스이브를 보냈다.

도연은 이직한 회사에서 철야하며 원준의 겨울 플레이리스트에 있던 강수지의 〈혼자만의 겨울〉을 불쑥 찾아 들었고, 원준의 차에서 그 노래를 처음 들었을 때의 감정이 되살아나서 혼자 피식 웃었다.

"이거, 강수지지?"

"강수지지."

"강수지 좋아해?"

"아니, 〈혼자만의 겨울〉을 좋아해."

"사연 있음?"

"세상에 사연 없는 노래도 있나."

원준은 도연에게 말했고 도연은 원준의 무덤덤함과는 별개로 원준의 첫사랑을 궁금해했는데 그게 가람이었지는 물어보지 못했다.

원준은 지금 어디에서 무슨 생각에 잠겨 있을까. 도연은 문득 궁금했다.

하얀 눈이 소리 없이 내릴 기미도 없어서 원준은 한 성탄절 특집 예능 프로그램에 출연한 최수종이 아직도 여전히 지극히 아내를 사랑하노라, 그 사랑을 표현하노라, 표현하지 않는 사랑은 사랑이 아니노라, 설파하고 그 모습을 경악하며 지켜보는 패널들을 보다가 어느 눈 오는 밤 도연이 아니라 도연에게 들은 말을 불쑥 기억해냈다.

나는 요란한 게 싫어. 요란한 노래도 싫고, 요란한 영화도 싫고, 요란한 사람도 싫고, 요란한 연애도 싫고, 요란한 결혼도 싫고, 요란한 이별도 싫어. 진짜 제일 싫은 건 요란한 춤사위. 그래서 내가 선뻴 좋아하지. 저기 봐봐. 눈이 왜 예쁜지 알아? 소리 없이 내리니까. 소리 없이 내려 마음에 쌓이니까.

그때 원준은 아무래도 분위기를 그런 분위기로 만들고 싶지 않아서 마음에 있는 말 대신에 골반을 퉁기면서 내 골반이 얼마나 요란스러운데, 했고 그때 도연이 지어 보인 해맑은 표정을 이후로도 여러 번 생각했다. 할 수만 있다면 자주 도연의 얼굴을 그런 얼굴로 만들어주고 싶어서였다.

도연은 지금 어디에서 무슨 생각에 잠겨 있을까. 원준은 문득 궁금했다.

새벽, 집으로 가는 택시 안에서 도연은 뒤늦게 울음을 터뜨렸다. 창립 기념 체육대회도, 수녀시대도 없는, 아직 한 방이 남아 있을 것이라 믿은 회사는 믿음대로 도연에게 더 높은 연봉과 직책을 안겨주었고 수개월 남짓 동안 도연은 저번 회사에서는 느낄 수 없던 성취감을 얻었다. 그러니까 이 울음은 그저 소강상태에 접어드는 감정의 일시적 노출에 불과함을 도연은 잘 알았다. 마치 '이별 택시'에 탑승한 승객처럼 오늘 새벽엔 잠시 드라마 퀸이 되어도 좋으리라 마음먹었고 메시지를 전송했다.

원준은 성탄 종소리가 울려 퍼지는 아침에 메시지를 확인했다. 면도하다 말고 눈물을 떨궜다. 아니, 질질 짠 것에 가까웠다. 콧물이 면도크림을 바른 인중으로 흘러내려서 세수부터 했다. 지난여름의 풍광이 마음속에 펼쳐졌다. 김대중 대통령도 왔다 간 홍어 집이 아니고 두 사람이 브라보콘을 들고 제주의 한 작은 학교의 고요한 운동장을 걷다가 푸른 하늘에 일직선으로 뻗어 있는 놀라운 구름을 올려다보았던 모습이. 잠깐 이것 좀 들고 있어줘. 찰칵. 내 것도 좀 들고 있어봐. 찰칵. 서로 번갈아가며 사진을 찍었던. 찍고 보니 도연은 구름이 아니라 비행기를, 원준은 구름이 아니라 도연의 뒷모습을 찍었더라는 사연을 뒤로하고 욕실에서 나와 원준은 메시지를 보냈다.

도연은 한낮이 다 되어서야 메시지를 확인했다. 밤사이 많은 눈이 내려서 온 세상이 하얗게 물들어 있었다. 또 빗나갔네. 도연은 침대에 엎드려서 폰으로 일기예보를 찾아봤다. 대체로 맑은 가운데 포근한 겨울 날씨가 이어지다가, 모레부터는 아침 기온이 영하 10도 안팎까지 떨어지며 매서운 한파가 찾아온다고 했다. 크리스마스 뒤로 이틀 연차를 붙여서 다행이라고 생각하면서 도연은 지금 씻고 나가서 점심을 간단히 때운 후에 볼 수 있는 영화가 있을지 시간표를 보다가 오늘 나가면 사람에 치이겠지, 고갤 절레절레 흔들었다. 그리곤 천장을 보고 누웠다. 원준이 보낸 것이 무엇인지는 잘 알고 있었다. 그때 그 여름 제주에서 우리가 얼마나 반짝였는지를. 지은 지 오래되었지만, 넓은 실외 수영장이 있어서 모든 게 용서되었던 숙소의 이름이 '블루 하와이'였다는 것을. 숙소 맞은편의 작은 학교에서 두 사람이 올려다본 비행운과 둘 중 누구도 구름을 찍지 않았다는 사실을 기억했다. 그러나 그때, 원준이 자신의 뒤에 있을 때 자기가 정확히 무엇을 바라보았는지는 기억나지 않았다.

그저 빛나는 것이었을 거라고 짐작했다.

그 후로 두 사람은 종종 혼자 길을 걸었고, 걷다가 누군가가 자신을 부르는 것 같아 몇 번씩 뒤를 돌아봤다. 겨울은 낯선 행인처럼 지나가고 봄이 찾아왔다. 벚꽃이 온 사방에 흐드러지게 폈고, 〈벚꽃 엔딩〉이 다시 울려 퍼졌다. 도연은 회사 동료의 주선으로 소개팅 약속을 잡았고 원준은 환승 이직에 성공하여 사직서를 제출하고 남은 연차를 털기 위해 교토 여행을 계획했다.

두 사람이 어느 날 마포구 희우정로에서 만날 확률은 하늘의 별 따기일 텐데 이 세계에서는 가능할지도 모르기에, 그들은 벚꽃 터널을 이룬 희우정로에서 마주쳤다.

도연은 세 살 연하의 소개팅남 은우와 함께 이제 막 냉소바 정식을 먹고 나와 카페로 이동하는 중이었다. 원준은 벚꽃을 구경하러 원주에서 올라온 자유로운 영혼들과 함께였다. 도연을 먼저 본 건 자유로운 영혼 1이었는데, 뒤이어 본 자유로운 영혼 2가 도연 씨, 큰 소리로 손을 흔들며 인사했고 그제야 도연을 본 원준은 연이어 도연 곁에 선 남자를 보고 도연에게 어색한 웃음을 지어 보였다. 도연은 셋이 앉아 있는 카페 야외 테이블 쪽으로 걸음을 옮겨 왔다. 잘 지냈어요? 원준보다 먼저 자유로운 영혼 2가 도연에게 말을 걸었고 자유로운 영혼 1이 오랜만이라며 거들었다. 도연이 대답하기 전에 원준이 좋아 보이네, 말했다. 도연은 원준 씨라고 해야 할지, 선배라고 해야 할지 몰라 머뭇거리다가 네, 뒷말을 얼버무리며 잘들 지내시죠? 너무 오랜만이에요, 자유로운 영혼들의 안부를 물었고 곧 저는 일행이 있어서, 잘들 지내시고요, 원준에게 허리 숙여 인사하고는 벚나무 아래에 선 은우에게로 갔다.

서울이 좁네, 진짜 좁다…… 자유로운 영혼들이 이런저런 대화를 나누는 잠깐 사이에 원준은 멀어지는 도연과 은우의 뒷모습을 바라봤다. 우연인지 몰라도 봄바람에 벚꽃잎이 우수수 떨어져 내릴 때 도연이 뒤돌아봤다. 도연은 저 멀리에 있었으나 원준은 도연을 바로 앞에서 보는 것 같았고, 도연도 마찬가지일 거라는 확신이 들었다. 자유로운 영혼들이 붙들 새도 없이 원준은 자리에서 일어나 도연에게 달려갔다기엔 다소 애매하게 뛰어가 은우가 섰던 벚나무 아래에 멈춰 섰다. 이게 뭐 하는 짓인가. 그제야 제정신이 든 원준은 폰을 꺼내 자신을 멍하니 바라보는 자유로운 영혼들을 괜스레 찍는 척했다. 도연이 은우를 세워두고 저벅저벅 자신을 향해 걸어오는 줄도 모른 채.

그래서 올봄에 원준과 도연은…….

천사는
좋은 날씨와
함께 온다

GHOST
DUET

304일째.

닷새째 이어지던 비가 그쳤다. 이제 학교에 남은 사람은 나와 희철뿐이다. 안개에 휩싸여 사라진 사람들은 어떻게 됐을까. 나는 이제 더는 그런 걸 궁금해하지 않는다. 대신, 살아서 학교를 떠난 사람들이 어디로 갔는지, 살아 있는지를 알고 싶다. 왜냐하면, 그들이 곧 우리의 미래, 아니 우리의 내일이기 때문이다.

*

이런 날 비라니……

철희는 노트북으로 글을 쓰다 멈추고 창밖을 내다봤

다. 빗방울이 제법 굵은데도 공원을 거니는 사람들이 많았
다. 벌써 40분째 철희는 이곳 전망대에서 수호를 기다렸다.
각자 우산을 들고도 둘씩, 셋씩 짝을 지어 나란히 걷는 이
들 사이로 물방울 하나가 흘러내렸다. 유리창에 맺혔던 빗
방울이구나, 하면 될 텐데 내 마음, 해버려서 철희는 괜스레
외로워졌다. 비가 와서 그런가, 생각하면 될 텐데 네가 안
와서 그래, 해버려서 자신의 신세가 더 처량하게 느껴졌다.
외로움도 자기를 좋아해주는 사람을 찾아온대. 수호는 말
했지만, 그렇대도…… 내가 오늘을 위해 얼마나 많은 불판
을 닦았는데, 다른 애들은 일주일도 못 버티는 고깃집 아르
바이트를 한 달이나 했는데, 사장한테 욕을 하도 들어서 가
게 근처로 얼씬도 하지 않는데, 철희의 마음은 자꾸 쓸쓸한
쪽으로 미끄러졌다.

　오늘은 두 사람이 사귄 지 꼭 1년이 되는 날이었다. 둘
은 기념일을 꼬박꼬박 챙기는 부류는 아니었는데, 그즈
음 벌어진 한 사건으로 자신들이 함께한 365일, 8760시간,
525,600분, 31,536,000초를 각별히 여기게 됐다.

　수학여행을 가는 길에 사고가 나서 많은 학생이 목숨을
잃었다는 소식을 먼저 접한 건 철희였다. 연락은 수호가 먼
저 했다. 그들은 또래 아이들이 한날한시에 떠났다는 사실

이 도무지 믿기지 않아서 통화하는 내내 정말, 진짜라는 말을 여러 번 주고받았고, 대화는 그래도 우린 살아 있고 그것만으로도 충분히 행복하다는 느낌, 우리에게 그런 일이 닥치면 서로를 살리려고 애쓰자는 얘기로 이어졌다. 보통 때 같으면 행복이니, 우리니, 서로니 하는 말에 닭살이라며 난리를 쳤을 텐데, 사고 소식이 뉴스 속보로 계속 뜬 그때만큼은 둘 다 그런 소릴 입 밖으로 꺼내지 않았다. 지금껏 겪어본 적 없는 슬픔이 그들을 압도했기 때문이다. 그건 말하면 멀어지고 말하지 않으면 가까워지는 슬픔이었다. 그들은 통화를 끝낸 뒤에도 채팅 앱으로 대화를 이어갔다. 요즘 뜨는 유튜버와 OTT 예능 프로그램에 관해 떠들어대면서 코믹한 이모티콘을 남발했다. 마치 아무 일도 벌어지지 않은 것처럼. 누구도 죽지 않은 것처럼. 그들은 서로를 위해 최대한 살아 있는 티를 냈다.

"우리 1주년은 챙기자."

수호의 말에 철희는 기다렸다는 듯 달력을 살폈다. 운 좋게도 주말이었고, 폰 캘린더에 1주년이라는 말 대신 우리만의 문장을 적자고 제안하며 메모장에 저장해둔 문장 중 마음에 드는 것을 골라 대화방에 남겼다. 시작했으니까 두려움 없이. 앞으로 해도, 뒤로 해도 씩씩한 문장이라고 했다. 철희는 '시작했으니까'를, 수호는 '두려움 없이'를 적어 두기로 했다. 그날, 두 사람은 절대 잊지 않기로 약속했다.

–혹시 무슨 일 생긴 건 아니지? 문자 보면 바로 연락해.

철희가 대화방에서 사라지지 않는 숫자들을 지켜보다가 혹시나 하는 마음으로 수호에게 메시지를 보냈다. 다른 연인들처럼 평범하게, 가장 특별한 하루를 보내고 싶었는데. 우리에겐 평범한 게 가장 특별하니까. 맛있는 음식을 함께 먹고 수줍게 팔짱을 끼고 헤어질 때쯤 달콤한 첫 키스를 한다면……. 철희는 염려하는 마음 한쪽으로 은근히 밀려오는 서운함을 모르는 체하며 답장이 오기만을 기다렸다.

사실, 처음 있는 일은 아니었다. 수호의 훈련, 경기 일정에 따라 철희는 기다렸다 바람맞기를 여러 번 반복했다. 처음엔 축구부 에이스와 사귀는데 이 정도쯤이야, 대수롭지 않게 넘겼고, 그럴 적마다 큰 키와 다부진 체격에 어울리지 않게 어쩔 줄 몰라 쩔쩔매는 수호를 보는 것도 나름 즐거웠는데, 횟수가 반복되자 철희는 수호가 자기보다 축구를 더 소중히 여기는 게 아닐까? 낯간지러운 생각을 꽤 심각하게 했고, 기어이 따져 물었다.

"그러니까 나야, 축구야?"

철희 입장에서는 자못 비장한 밸런스 게임의 결과는 싱

거웠다. 수호는 경기 때처럼 위기의 순간에 더 침착했고, 수비와 공격에 모두 능한 선수답게 철희를 품으로 끌어당겨 안으며 정답을 말했다.

"나는 너를 생각하면서 뛰어. 그럼 하나도 안 힘들거든."

오늘은 절대 먼저 웃지 말자.

철희는 웃으면 쌍꺼풀 없는 가느다란 눈이 더 작아지는 수호의 얼굴을 떠올리지 않으려 애쓰며, 웃으며(이미 망했다!) 공연히 마음을 다잡았다. 무선마우스를 클릭해 노트북 화면보호기를 해제했다. 기록 중인 파일이 다시 나타났다. 철희가 얼마 전부터 쓰기 시작한 소설은 자신과 수호, 사진 동아리 친구들을 모델로 삼은 10대들이, 푸른 안개를 몰고 나타난 괴생명체와 맞서는 내용이었다.

*

"떠나자."

"어디로 간다는 거야?"

나는 지도를 펼치는 희철을 보며 불안한 목소리로 물었다.

"어디든. 언제까지 여기 있을 순 없어."

"밖은 위험해. 알잖아."

"위험을 무릅쓰지 않고는 아무것도 할 수 없어."

희철이 단호한 표정으로 나를 쳐다봤다.

"갑자기 왜 이러는데?"

"내가 잘못되면…… 너는 혼자가 될 테니까."

"잘못되지 않으면 되잖아."

"지수도, 영진이도, 미유도, 희봄이랑 태성이도 잘못되고 싶지 않았을 거야……."

"……."

"우린, 살아남은 게 아니야. 아직 살아 있는 거지. 다시 비가 오기 전에, 안개가 희미해졌을 때 가야 해. 일단 저기, 저 공원 전망대 쪽으로 가보자."

나는 희철이 가리키는 곳으로 시선을 돌렸다. 우리가 처음 만난, 아니 내가 희철을 처음으로 본 곳이었다.

어느 여름날이었다. 갑자기 쏟아지는 비를 피해 공원 입구 버스 정류장에 들어갔는데, 건너편 인도에서 우산도 없이 비를 맞고 선 사람이 보였다. 그게 희철이었다. 지금 생각해보면 불과 몇 분 정도였는데, 그때는 긴 시간처럼 느껴졌고 이쪽으로 건너와 비를 피하라고, 손짓할까 싶었는데 희철과 눈이 마주쳤다. 희철이 손을 흔들었고, 뭐지? 하는 찰나에 내 앞으로 우산을 든 한 사람이 지나갔다. 그 애가 희철의 첫사랑이라는 건, 공원 전망대가 둘만의 아지트였다는 건, 그날 두 사람이 헤어졌다는 건, 뒤늦게 안 사실이었다. 같이 우산을 쓰고 전망대로 나란히 걸어가는 두 사람의 뒷모습을 지켜보면서 우산을 든 사람이 나라면, 생각했었다는 건 희철에게도 말하지 않았다.

"저기엔 뭐가 있을까?"

내가 듣고 싶은 대답은 희망에 관한 것이었는데,

"이 세계를 한눈에 볼 순 있겠지."

희철에게서 돌아온 대답은 절망에 관한 것이었다.

그래도 나는, 우리는 가보기로 했다. 어쨌든 50 대 50이니까.

*

학교에서 전망대까지는 대중교통으로도 한 시간이 넘게 걸렸다. 그건 수호가 이곳을 우리 비밀 아지트로 삼은 이유이기도 했다. 아는 사람을 마주칠 확률이 제로에 가까운 곳.

수호가 놀이터 벤치에 앉아 전망대 소개 영상을 처음으로 보여줬을 때 철희는 좋으면서도 너 은근히 겁 많다, 통명스럽게 반응했다.

　고생해서 찾았어. 주변에 예쁜 찻집도 있고, 전망대에서 보는 사계절 풍경이 다 멋있대. 여름에는 별 보기 행사도 열리고. 수호가 아무리 열심히 말해도, 수호한테 이럴 게 아니란 걸 알면서도, 철희는 요즘 때가 어느 땐데, 하며 자꾸 삐딱하게 굴다가 우리가 무슨 죄를 지은 것도 아니고 왜 몰래 만나야 하는데, 쏘아붙였다. 이유가 있었다.

　공교롭게도 그날 수업 시간에 동성애를 하든 말든 상관은 없는데 눈에 띄진 않았으면 좋겠어요, 라는 말을 들은 터였다. 아무렇지도 않게 혐오 발언을 일삼는 애들이 새삼스럽지도 않은데, 그 말이 또한 새삼스레 자신에게 하는 말처럼 느껴져서 철희는 종일 기분이 언짢았다. 그런 새끼하고 같은 교실에 앉아 숨 쉬고 있다니, 씩씩거리며 저런 애들한테 더는 밀리지 않겠다고 철희는 다짐했다. 수호와 함께라면 그럴 수 있을 것 같았고, 그러고 싶었다. 그런데 또 숨어서 만나자니…….

　예상치 못한 철희의 반응에 기운이 빠져서 수호는 철희를 남겨두고 혼자 터덜터덜 놀이터를 빠져나갔다. 철희는 고개를 푹 숙이고 벤치에 앉아 있었다. 수호를 불러 세워야 한다는 걸 알면서도 왠지 입을 뗄 수 없었다. 수호야, 부른 뒤에 무슨 말을 덧붙여야 할 것 같긴 한데 그 말이 생각나지 않아서였다. 철희는 그저 수호에게 엉뚱한 분풀이를 했네, 자책했다. 그러나 그 돌아섬과 후회가 파국으로 끝맺음되진 않았다. 왜냐하면, 그날…….

해가 지고 하늘이 점점 검푸르게 변할 때까지 철희는 놀이터에 앉아 있었다. 같은 시각 집 근처 편의점에서 슬러시를 마시던 수호는 다 녹은 슬러시를 빨대로 한 번 휘젓곤 폰을 꺼내 대화방에 메시지를 남겼다.

─집에 들어갔어?

─아니.

철희는 수호가 앞에 있는 듯 소리 내어 대답했다.

─너 2반 승후 알지? 걔 퀴어퍼레이드 간 거 소문나서 지금까지도 게이 년이라고 놀림받잖아.

승후라면 철희도 잘 알고 있었다. 그 퀴어퍼레이드에서, 청소년성소수자 위기지원센터 띵동 부스 앞에 있는 승후와 눈이 마주쳐서 허둥지둥 자릴 피한 철희였다. 그때 이후로 철희는 승후를 피해 다녔다. 말 걸어올까 봐, 친구로 지내자고 할까 봐, 끼리끼리가 될까 봐, 손가락질받을까 봐…… 자신이 먼저 승후에게 다가서게 될까 봐.

─그리고 철희 너, 우리나라에 커밍아웃한 축구선수 있

다는 말 들어봤어? 프리미어리그에도 없어.

　없지, 근데 왜 없을까. 진짜 없어서 없나. 있는데 없다고 하는 건 이상하잖아. 있으면 있고 없으면 없는 거지. 그게 이상한 거라고 왜 아무도 우리한테 가르쳐주지 않냐고. 철희는 속에서 끓는 말을 꺼내놓지 않고 조용히 대화창을 지켜봤다.

　-나는 우리가 사귀는 걸 사람들이 다 알아야 하는 건 아니라고 생각해. 사실, 나는 다른 사람들 때문에 우리가 만나지도 못하게 될까 봐, 무서워.

　철희는 알리고 싶은 게 아니라 숨기고 싶지 않은 거야, 쓰던 말을 모두 지웠다. 무서워, 라는 세 글자가 마음에 덜컥, 걸려서였다. 무섭구나, 무섭지, 무서워, 중얼거리면서 철희는 무서움을 이기는 말을, 무서움을 물리칠 말을 빨리 찾아서 수호에게 건네주고 싶었다. 미안해, 라고 쓸까. 아니야. 세 글자로는 부족해. 철희는 두 손을 모아 코와 입을 가린 채 아- 하고 낮고 길게 소리 낸 후에 마음을 세우고 메시지를 남겼다.

　-보고 싶어.

　무서워, 미안해, 라는 말보다 한 글자가 더 많은 말. 그러니까 뭐가 더 있어도 있겠지 싶은 말. 철희는 한 글자가 더 많은 말의 힘을 믿었다. 믿지 않으면 안 될 것 같아서. 그러면 정말 무서운 일이 벌어질 것 같아서. 그것이 지금 우리가 할 수 있는 최선의 말이라고 생각했다. 잠시 뒤 수호가 답했다. 단 한 글자. 입술이 다른 입술에 닿았다 떨어지며 나는 소리. 듣지 않아도 다 들리는 그 소리 때문에 철희는 2반 16번, 윙포워드, 게이 소년을 조금 더 사랑하기 시작했다.

두 사람은 상대방의 마음을 돌아보면서 집으로 걸음을 재촉했다. 어서 밤이 오길 바라면서. 빨리 침대에 누워 다시 연락하기 위해서.

카톡!

알림이 울리기 무섭게 철희는 폰을 확인했다. 사진 동아리 친구들과 전시를 보러 간 봄희였다.

-아픈 건 좀 어때? 오늘 같이 왔으면 좋았을 텐데.

-집에서 쉬니까 좀 나아졌어. 너는? 애들은 만났어?

-어, 다른 애들은 다 왔고 유미만 좀 늦는데. 지금 전시관 쪽으로 걸어가는 중.

-성태는?

-꺅! 오늘 그 모자 쓰고 옴. 사진 보내줄게.

사진 속 성태는 지난 주말 철희와 봄희가 함께 골라서 산 야구 모자를 쓰고 있었다.

-오늘 확실히 고백받을 것 같은 느낌!!!

확실히 고백하는 것도 아니고, 고백을 받는다니. 봄희는 어쩌면 이렇게 긍정의 화신일까. 깨끗하고 맑고 자신 있는 봄희. 그래서 좋은 봄희. 철희는 차갑다는 오해를 자주 받는 자신과는 달리 처음 만나는 사람에게도 곁을 쉬이 내어주는 다감한 이란성쌍둥이 봄희를 생각하며 잠시 우울한 기분을 잊었다.

-너무 앞서가진 말고.

답하면서 철희는 한 사람을 향한 애정을 숨기지 않아도 되는 건 어떤 기분일까. 새삼스레 궁금해했다.

-홍. 이따 그 사진 찍어서 보내줄게. 쉬다가 좀 나아지면 연락하고 ♡♡.

철희도 봄희에게 하트를 보냈다. 두 개에 하나를 더 보태서. 그러면서 영화감독 에드워드 양이 찍은 사진 〈향하여〉를 떠올렸다. 철희는 그 사진을 남달리 좋아해서 에드워드 양 사진전이 열린다는 소식을 접하고 달뜬 기분으로 이 사람 저 사람에게 그 사진에 관해 떠들고 다녔다. 사진을 가만히 보고 있으면 파도 소리가 들리고, 검푸른 물결과 하얀 포말이 보이고, 해변을 거니는 노부부의 뒷모습이 그려진다고. 그것도 틀린 말은 아니었는데, 수호에게는 달리 말했더랬다. 사진 속 조개껍데기들이 세상 어디에나 있으나 어디에도 없는 물체, 아니 존재들처럼 보여. 마치 우리처럼.

철희는 폰을 꼭 쥔 채 사랑이란 두 사람이 같은 곳을 향해 가는 거라던 국어 선생님의 말을 곱씹었다. 수호가 나타날 듯한 방향으로 자꾸만 고개를 돌렸다.

*

306일째.

우리는 얇은 티셔츠 여러 장을 겹쳐 입고 노란색 동아리 점퍼를 맞춰 입었다. 점퍼 뒷면에는 붉은색으로 동아리 이름 '3분 카메라'가 프린트되어 있었다.

"이걸 걸치면 그냥 힘이 나."

내가 말했다.

"애들이랑 있는 거 같지?"

희철이 물었다.

"응. 사라진 애들이 어벤저스처럼 짠하며 나타날 것 같아. 근데 우리 동아리 이름은 왜 이렇게 지었었지? 누가 의견을 냈더라?"

"영진이 아닌가. 영진이가 즉석 카레 좋아했었잖아."

"아, 맞네. 걔가 그거 진짜 많이 먹었는데. 근데 신기한 게 영진이가 먹는 걸 보면 다 먹고 싶어져서 편의점에 몇 번 갔었잖아, 우리."

"갑자기 너무 먹고 싶네. 이렇게 될 줄 알았으면 더 많이 먹어 두는 건데, 다 같이……."

갑자기 감정이 복받쳐 올랐는지 희철이 말을 채 잇지 못했다. 나도 눈물이 핑 돌았지만 꾹 참았다. 시작부터 눈물이어선 안 되니까. 웃음이면 몰라도.

나와 희철은 큰 배낭을 하나씩 짊어지고 투명 보호필름이 부착된 마스크를 착용했다. 희철은 손도끼를, 나는 대걸레에 낫을 이어 붙인 창을 들었다. 교실을 나와 복도를 지나 계단을 내려왔다. 본관 건물을 나섰다. 어제만 해도 짙푸르렀던 안개가 걷혀 있었다. 괴물이 안개 속에서만 움직인다 해도 경계를 늦출 수는 없는 노릇이었다.

"옆으로 와서 바짝 붙어. 지금부터는 절대 멀어지면 안 돼."

희철이 작은 조명 세 개가 달린 헤드 랜턴을 켰다.

"알았어. 한 사람처럼."

나는 희철 곁에 바투 붙어 섰다.

"어, 한 사람처럼 걷는 거야."

우리는 랜턴 불빛에 의지해 운동장을 가로질러 후문 쪽으로 갔다. 전망대로 빠르게 가려면 정문보다는 후문이 더 나았다. 젤리 형태의 물컹한 덩어리들이 발에 차였다. 괴물의 새끼가 튀어나온 잔해였다.

그사이 학교 밖은 어떻게 변했을까. 나는 희철과 함께 등하교하며 오가던 곳들을 머릿속에 그려봤다. 문방구와 편의점과 분식집. PC방과 학원. 희철이 아르바이트했던 고깃집과 내가 희철을 다시 만난 쇼핑몰 극장. 희철과 처음 섹스했던 룸카페. 무수한 사랑의 장소들이라고밖에는 명명할 수 없는 곳들이었다. 그러나 이제는…… 나는 무기를 들지 않은 손으로 희철의 손을 잡았다. 희철도 손에 힘을 꽉 주었다 놓았다. 우리는 빠른 걸음으로 운동장을 벗어나 전망대 방향을 가늠해가며 걸었다. 학교 밖은 생각보다 멀쩡하고 조용했다. 희철은 이쪽저쪽을 살피며 신중하게 움직였다. 얼마나 됐을까. 마침내 눈에 익은 거리 풍경이 나타났고, 이제 이쪽으로 쭉 직진하면 될 것 같아. 희철이 말했다. 나는 가만히 고개를 끄덕였다. 작은 분홍색 알갱이들이 떨어지기 시작했다.

"우박인가?"

내가 말하자 희철이 머리카락에 붙은 알갱이를 손으로 떼어내며 대꾸했다.

"우박은 아닌 거 같은데, 색깔이."

"그런가?"

"우박은 흰 얼음 덩어리잖아."

"그렇지. 그럼 얜 뭐라고 부르지?"

"글쎄, 그냥 네가 한번 만들어봐. 너 그런 거 잘하잖아. 우리끼리만 쓰는 말 만드는 거."

나는 얼음 덩어리도 아니고 눈도 아닌, 분홍색의 작기만 한, 부드럽거나 폭신하지도 않은, 덩어리의 이름을 생각했다. 잠시 후 그것은 '누'가 되었다. 우리는 그런 식으로 이 세계의 모든 이름을 달리 말해보면서 앞으로 앞으로 걸어갔다. 달은 '라', 물은 '무', 숲은 '푸'가 됐다. 깨지고 부서진 채로 남아 있음. 그것이 이 세계의 언어 체계였다.

'교사가 학생에게 교육을 실시하는 기관'이라는 뜻을 지닌 단어를 어떤 말로 바꿀지 생각할 즈음 전망대가 나타났다. 학교를 나설 때와 달리 사위에 푸른 안개가 옅게 드리워져 있었다. 누군가 지금 우리 모습을 본다면 길을 찾는 유령들로 오해할 것이 분명했다.

"야!"

노트북 자판을 두드리던 철희가 깜짝 놀라 뒤를 돌아봤다. 정호였다. 철희와 정호는 고 1 때까지만 해도 자주 어울리며 친하게 지냈는데, 학년이 바뀌고 다른 반이 되면서부터 아니 정호가 이른바 '노는 애들'이랑 어울리면서부터 사이가 멀어졌다. 철희가 보기엔 사실 그렇게 잘 노는 것 같지도 않은 애들이었는데 정호는 그 무리에 속하자마자 이유 없이 건들거리며 씩 웃고 다녔다.

"뭐냐?"

철희가 정색하며 묻자,

"씨발, 뭐가 뭐냐."

정호가 또 씩 웃었다.

"아니, 여긴 어떻게 왔냐고?"

"차 타고 왔지. 할머니! 내 친구."

정호가 이제 막 전망대 층으로 올라오는 할머니를 쳐다보며 소리쳤다. 철희가 구부정하게 일어나 인사하려는데, 정호가 됐어, 됐어, 철희를 눌러 앉혔다.

"오늘 우리 할머니 생일. 가족들이랑. 너는 혼자?"

정호는 말을 뚝뚝 끊어서 했다.

"어? 어."

"와, 돌았냐? 혼자 여길 왜 와."

"아, 그게……."

정호는 애초에 대답을 들을 생각이 없었다는 듯 우물쭈물하는 철희를 내버려두고 전망대 이곳저곳을 누비고 다녔다. 볼 것도 없네, 연신 구시렁거렸다. 철희는 어안이 벙벙한 채로 앉아 있다가 정신을 차리고 노트북을 덮어 가방에 넣었다. 불안감이 엄습했다.

정호가 우리 둘을 본다면…….

학교에 소문이 퍼지고, 누가 찌르냐, 누가 받냐, 소릴 듣고, 그러다 변실금 온다, 변태 새끼들아, 따돌림당하겠지. 수호는 축구를 못 하게 되고, 나는 전환치료 교회에 끌려갈지도 몰라. 결국 우리는 남남이 되겠지. 두 번 다시 못 보겠지. 수호한테는 뭐가 그렇게 무섭냐고 했으면서, 왜 게이인 걸 부끄러워하냐고 떠들어댔으면서.

그제야 철희는 자신 역시 지금껏 들키지 않으려고 애쓰며 살아왔다는 불편한 진실과 마주했다. 퀴어퍼레이드 현장에서 환하게 웃던, 학교에선 자주 아랫입술을 깨물던 승후가 생각났다. 승후는 그날 '우리는 연결될수록 강하다'라는 문구가 적힌 피켓을 들고 서 있었지만, 누구와도 연결되지 못했다. 누구도 연결되지 않으려 했기 때문이다. 철희는 승후를 피해 다니며, 몰래 지켜보며 내내 바랐다. 불행이 나만은 비껴가기를, 시간이 어서 흘러 학교에서 벗어나기를.

그때였다.

철희의 폰으로 문자 한 통이 도착했다. 처음 보는 번호였다.

-나야. 빨리 갈게.

누구지? 수혼가? 근데 번호가 왜? 누가 장난치나? 철희는 어리둥절한 얼굴로 문자를 들여다보다가 갑자기 마음이 조급해졌다. 왜 하필 지금이야. 근처면 큰일인데. 수호에게 자초지종에 대한 설명도 없이 답장을 보냈다.

-안 돼! 오지 마. 거기 그냥 있어. 내가 거기로 갈게.

"야! 나, 간다."

철희가 가방을 챙겨 일어서려는데 정호가 살갑게 손을 흔들며 전망대 층에서 내려갔다. 잠시 뒤 정호네 가족들도 모두 전망대를 빠져나갔다. 전망대가 다시 조용해졌다. 그제야 철희는 놀란 가슴을 진정시키고 수호에게, 수호인 것 같은 이에게 장문의 메시지를 보냈다.

-지금 네가 어디에 있든 거기에 그냥 있어. 이곳도 안

전하지 않아. 지금 네가 있는 곳을 오늘의 데이트 장소로 삼
자. 사실은, 사실은 말이야 나도 너처럼 들킬까 봐 무서워.

철희는 오지 않는 답장을 오랫동안 기다리다가 전망대
를 내려왔다.

공원으로 이어지는 숲으로 들어서자 흐린 하늘이 점차
로 밝아졌다. 철희는 구름과 빛의 섬세한 움직임을 살폈다.
그러자 무슨 이유에서인지 쓰고 있는 소설의 결말을 애초
의 구상과는 다르게, 다 죽는 것이 아니라 다 사는 것으로
바꾸고 싶었다. 현실에 비춰보면 그것도 미친 소설이겠지
만…… 죽고 죽이는 것보단, 살고 살리는 것이 지금 자신에
게, 수호에게, 우리와 같은 이들에게 더 필요하다는 생각이
들었다. 철희는 뒤늦게 확인하려 했다. 연결될수록 강하다
는 말을.

365일째가 되는 날, 나와 희철은 안전하고 평화로운 곳
에 당도하게 될 것이다. 마스크를 벗고, 깨끗이 씻고, 배불리
먹고, 잠을 푹 잘 것이다. 행복한 꿈을 꾸고, 잠에서 깨면 눈
앞에 있는 사람들과 포옹하게 될 것이다. 그동안 있었던 일
들을 얘기할 것이다. 푸른 안개가 없던 때에 관해, 소중히 대
하지 못한 우정과 사랑과 희망에 관해 대화하게 될 것이다.

철희는 그 모든 미래를 한눈에 내려다보듯 상상했다.

마침내 철희와 수호는 이 끝과 저 끝을 잇는 숲의 계단에서 만났다. 철희는 뒤를 보지 않고 반을 내려왔고, 수호는 뒤를 보지 않고 반을 올라왔다. 그들은 한동안 서로를 마주하고 서 있었다. 시간이 정지한 것처럼. 내가 간다니까. 내가 간다고 했잖아. 눈빛으로 대화를 나누면서.

수호가 한 계단을 올라 철희 옆에 섰다.

"사고가 나서…… 폰도 고장 나고……."

철희는 쩔쩔매는 수호를 봤다. 또 시작이네. 그렇게 미안해하지 않아도 되는데, 내 생각 하면서 뛰어온 거 다 아는데.

"왔으니까, 약속을 지켰으니까, 혼자가 되지 않게 해줬으니까, 괜찮아."

철희는 수호를 안아줬다. 수호는 그전의 수호와는 또 다르게 부드럽고 폭신했다. 곧 녹아 없어질 듯한 눈송이처럼. 두 사람은 함께 계단을 내려왔다. 마치 처음부터 그런 것처럼. 자연스럽게.

"저기 수라산에 구름 낀 것 좀 봐."

수호가 먼 산을 가리키며 말했다.

"부한산이야."

철희는 수호의 손가락 끝을 쓱 보곤 대답했다.

"아, 그래?"

"전망대에서 몇 번 말해줬는데."

"미안, 전망대에서 볼 때랑 여기서 볼 때랑 완전 다르네."

"완전 똑같거든!"

수호가 반듯한 치아를 드러내며 말갛게 웃자 철희도 미소 지었다.

"소설은 많이 썼어?"

"응, 둘이 전망대로 가는 부분까지 썼어."

"그래서 어떻게 할 거야?"

"뭘?"

"진짜 다 죽일 거야?"

"음, 사실대로 쓰려고."

"사실대로?"

"응, 있는 그대로."

"우린 살아 있으니까."

"여기 있으니까."

"있으니까."

수호가 철희의 말끝을 따라 하며 호주머니에서 주먹 쥔

손을 빼 철희에게 내밀었다.

"뭐야?"

"1주년 선물."

"선물 안 하기로 했잖아."

"어, 근데 마음이 바뀌었어."

"뭐야, 난 없는데."

"넌 없어도 돼. 내 마음만 받아."

철희는 수호의 얼굴을 향해 두 손을 폈다 접었다 하며 입술을 움직였다(오글오글).

"손 펴봐."

활짝 펼쳐진 철희의 손 위에 수호가 주먹을 올렸다. 폈다. 그 넓은 사랑의 장소에 작은 조개껍데기가 나타났다.

"와! 너무 예쁘다. 어디서 났어?"

"오는 길에 바닷가에서 주워 왔어."

바다라니 그럴 리가. 그러나 진짜일 것이다. 수호의 말은. 철희는 믿었다. 수호의 눈동자에 지금껏 한 번도 본 적 없는 무지갯빛이 스며들어 있었다.

"내가 사라지더라도 간직해줘. 이건 오랫동안 변하지 않으니까. 누구나 간직하진 않지만, 누군가 간직하게 되면 오래 사랑받으니까."

"어, 잊지 않을게."

철희는 고개를 끄덕이며 손을 움켜쥐었다.

"미끄러우니까 조심히 내려와."

수호가 앞서 걸었고, 철희가 두려움 없이 뒤를 따랐다.

"좋은 날씨다."

수호가 말했다.

"그러게, 좋은 날이다."

언제 비가 왔었냐는 듯 하늘은 파랬고 나뭇잎들 사이로 햇빛이 쏟아져 내렸다. 공기가 상쾌했다. 계단을 다 내려와 숲을 빠져나온 철희와 수호는 자신들 앞에 펼쳐진 세계로 힘차게 한 발을 내디뎠다. 수호가 철희의 어깨에 팔을 두르더니 자기 곁으로 바짝 끌어당겼다. 그런 두 사람을 보고자 하면, 모두 볼 수도 있었다.

*

365일째

괴물들이 사라졌다. 푸른 안개도 더는 나타나지 않았다. 이곳 저곳에서 희고 둥근 젤리 같은 고치들이 발견됐다. 그 속에 사람이 있었다. 그들은 죽어 있지 않았고, 괴롭게, 고통스럽게 살아 있지도 않았다. 그들은 그저 잠시 잠들어 있는 듯했다. 잠에서 깬 이들은 아무것도 기억하지 못했지만, 단 하나 자신들이 잠시 사람이 아니었으며 그로 인해 큰 행복을 느꼈다는 사실은 잊지 않았다.

이제 학교에 남은 사람은 나와 희철뿐만이 아니다. 우리는 아직 돌아오지 않는 희봄이와 태성이를 찾기 위해 노란색 동아리 점퍼를 다시 챙겨 입었다.

미리 적어둔 작가의 말을 옆으로 밀어두고 걸었다. 다른 삶을 생각하기 위하여. 1888년에 만들어진, 악기 연주로만 이루어진 아름다운 곡을 들으면서. 가로수 그늘에 서서 하늘을 올려다봤다. 푸른 나뭇잎들 사이로 여름 햇빛이 반짝였다. 위로되었다.

마음은 어디에도 둘 수 있는 거라서 그 반짝거림에 마음을 놓았다. 그리고 마음은 하나가 아니기에, 이마에 땀이 송골송골 맺혔는데도 콧노래를 부르며 가는 행인에게, 작은 카페 창가에 앉아 돋보기를 끼고 신문을 읽는 사람에게도 마음을 두었다.

종이를 매만지며 시간을 보내는 사람이 아직 남아 있다.

증오와 살육 속에서도 멋진 만남과 아름다운 것들이 존재하기에 삶은 가치 있다는 한 예술가의 말이 잊히지 않는다. 사람에게 바라며 살고 있다. 그러나 마음을 사람에게만 주는 일은 무례한 것이 아닐까. 걸을 때면 모든 것이 이제야 쓸 수 있는 것들로 여겨진다.

오늘 아침에는 여행을 취소했다. 진심을 담아서, 라는 편지를 받았기 때문이다. 진심을 담아서. 이런 말이 계속해서 울려 퍼지는 계절도 있다. 계절은 지나가고 계절은 돌아온다. 그 순환하는 자연에 희망을 걸어보기로 했다.

처음 작가의 말에서 꼭 살려두고 싶은 마음을 끝으로 적는다.

한편, 저는 이제 제가 쓴 것을 읽어주는 사람들에게도 힘껏 의지하게 되었습니다.

2023년 9월
김현

| 수록 작품 발표 지면 |

수월 … 〈비유〉 2022년 54호

세상에 사연 없는 사람도 있나 …《문학동네》 2020년 봄호

고스트 듀엣 …《인생은 언제나 무너지기 일보 직전》(큐큐, 2019)

유미의 기분 …《새벽의 방문자들》(다산책방, 2019)

가상 투어 …《문학3》 2021년 1호

견본 세대 …《걱정 말고 다녀와》(알마, 2017)

수영 …《바리는 로봇이다》(안온북스, 2022)

그때는 알겠지 … 문학서점 고요서사 '시작하는 낭독회' 프로젝트
(2019)

내 마음 알겠니 …《자음과 모음》 2020년 봄호

혼자만의 겨울

천사는 좋은 날씨와 함께 온다 …《그래서 우리는 사랑을 하지》(돌베
개, 2021)

고스트 듀엣

ⓒ 김현 2023

초판 1쇄 인쇄 2023년 9월 1일
초판 1쇄 발행 2023년 9월 8일

지은이 김현
펴낸이 이상훈
문학팀 하상민 최해경 김다인
마케팅 김한성 조재성 박신영 김효진 김애린 오민정

펴낸곳 ㈜한겨레엔 www.hanien.co.kr
등록 2006년 1월 4일 제313-2006-00003호
주소 서울시 마포구 창전로 70 (신수동) 화수목빌딩 5층
전화 02-6383-1602~3 **팩스** 02-6383-1610
대표메일 munhak@hanien.co.kr

ISBN 979-11-6040-540-8   03810

• 값은 뒤표지에 있습니다.
• 파본은 구입하신 서점에서 바꾸어 드립니다.
• 이 책의 내용 일부 또는 전부를 재사용하려면 반드시 저작권자와 ㈜한겨레엔 양측의 동의를 얻어야 합니다.